너의
우산

너의 우산

초판 1쇄 발행 2020년 9월 25일 **초판 2쇄 발행** 2021년 5월 14일

지은이 김민혜
펴낸곳 글라이더 **펴낸이** 박정화
편집 이정호 **디자인** 디자인부 **마케팅** 임호

등록 2012년 3월 28일 (제2012-000066호)
주소 경기도 고양시 덕양구 화중로 130번길 14(아성프라자)
전화 070)4685-5799 **팩스** 0303)0949-5799 **전자우편** gliderbooks@hanmail.net
블로그 http://gliderbook.blog.me
ISBN 979-11-7041-040-9 43810

이 도서의 국립중앙도서관 출판예정도서목록(CIP)은 서지정보유통지원시스템
홈페이지(http://seoji.nl.go.kr)와 국가자료공동목록시스템(http://www.nl.go.kr/
kolisnet)에서 이용하실 수 있습니다.(CIP제어번호: 2020037985)

글라이더는 독자 여러분의 참신한 아이디어와 원고를 설레는 마음으로 기다리고 있습니다.
gliderbooks@hanmail.net 으로 기획의도와 개요를 보내 주세요. 꿈은 이루어집니다.

너의 우산

김민혜 장편소설

글라이더

작가의 말

　사람들은 누구나 원만한 인간관계와 타인과의 소통을 원합니다. 가까운 이들과의 관계에 문제가 생긴다면, 상처를 받고 그 어느 때보다 힘들어질 것입니다. 이 소설은, 그 문제에서 자유롭지 못한 네 명의 청소년에 대한 이야기입니다.

　케이팝 아이돌 스타의 팬덤이 세계적으로 형성되어 있는 것은 이변이 아니라 흐름으로 봐야 한다는 생각이 듭니다. 그래서 그 문화의 한 자락을 소설로 녹여내고 싶었습니다. 제 딸아이도 예외가 아니어서 한 때 아이돌스타에 심취한 나머지 관련된 굿즈와 음반을 사며 시간을 보내기도 했습니다. 청소년들이 아이돌스타에 열광하고 덕후가 되는 경험은 성장기의 귀한 내적 자양분이 되어 줄 수 있으리라고 봅니다.

잘 알지 못하는 청소년의 내면세계를 그리는 데는 한계가 있기에 소설을 선뜻 내밀기가 조심스럽기도 합니다. 어떤 한 부분이나마 공감을 얻을 수 있다면 큰 보람이 될 것입니다. 마음속 상처와 얼룩을 지움으로써 홀가분함과 떳떳함의 가치를 말하려고 합니다. 세상을 향해 한 걸음 더 내딛으며 나아가는 청소년들에게 이 책이 작은 용기를 줄 수 있기를 바랍니다. 또한 타인을 이해하고 배려하는 마음이 한 뼘 더 성장할 수 있기를 희망합니다.

　이 책 안에는 특별한 우산이 하나 있습니다. 인내심을 갖고 책을 읽은 독자는 그 우산이 자신의 안에서 짠, 하고 펼쳐지는 것을 느낄 것입니다. 그 우산이 독자의 마음속에 따스한 온기를 피우며 오래도록 별처럼 빛날 수 있기를 기원합니다.

　이 소설의 시작과 마지막을 함께 한 딸 세은과 속표지 그림을 예쁘게 그려준 딸의 친구 최유리 양에게 고마움을 전하며, 이 소설이 세상으로 나가 빛을 볼 수 있도록 도와주신 글라이더 박정화 대표님과 이정호 편집장님께 깊이 감사드립니다.

2020년 여름

김민혜

차례

사라진 우산

눈을 떴다. 방안이 훤했고 창문에 걸린 연두색 롤스크린 사이로 노란 햇살이 쏟아졌다. 나도 모르게 미간을 찡그리며 손바닥으로 차양을 만들었다. 몸을 돌려 반대로 누웠는데, 어떤 여자애가 누워 있었다. 깜짝 놀라 일어나 앉아 자세히 쳐다보니 유미였다. 그제야 어젯밤에 유미랑 서울 자양동 이모 집에 와서 잠들었다는 것이 기억났다. 그토록 고대하던 콘서트가 드디어 오늘인 것이다. 몸속의 핏줄이 포르르 날아오르듯, 기운이 샘솟는 느낌이었다. 유미는 피곤한지, 숨을 색색거리며 잠에 곯아떨어져 있었다. 자는 얼굴이 딴 사람처럼 보였다. 나는 풋, 웃고는 눈을 비비며 방을 나갔다. 이모가 주방에서 아침 식사를 준비하고 있었다.

"지나, 일어났네. 잠자리가 불편하지는 않았고?"

이모가 국 간을 보며 물었다.

"네. 세상모르게 잤어요. 친구는 아직 자고 있구요."

"그랬구나. 어서 씻고 와."

욕실에서 나오자, 언제 일어났는지 유미가 기다리고 있었다. 우리는 오른손으로 하이파이브를 했다. 다 같이 식탁에 앉았다. 식탁에는 잡곡밥에 미역국, 고등어 조림, 닭가슴살 샐러드, 시금치나물, 낙지 젓갈이 놓여 있었다. 혜숙 언니는 보이지 않았다. 어젯밤, 혜숙 언니가 피자를 사 들고 와서 함께 먹은 기억이 났다. 살이 찔까 봐 우리는 한 조각씩만 먹었다.

"혜숙 언니는 어디 갔어요?"

나는 이모에게 물었다.

"일 때문에 나갔어."

이모가 젓가락으로 시금치나물을 뒤적이며 말했다.

"참, 지나가 가져온 우산 있지. 연두색 말이야. 오늘 비 소식도 없고 너희들은 내일 가니까 혜숙이가 들고 갔어. 극단에서 소품으로 쓴다나 어쩐다나. 비 오면 다른 우산 들고 가면 되니까 괜찮지?"

이모가 나를 보며 심드렁하게 말했다.

"네? 제 우산을… 가져갔다구요?"

닭가슴살을 집어 들다 말고 나는 물었다. 유미가 나를 보며 눈이 휘둥그레지더니 어깨를 으쓱했다.

"그래. 근데 왜 그리 놀라?"

이모가 웃음기 가득한 표정으로 눈을 동그랗게 떴다.

"그 우산은 안 돼요."

"비도 안 오는데? 저녁에 가져온댔어."

"암튼, 안 돼요."

나는 수저를 내려놓고 현관으로 가서 우산꽂이를 살펴봤다. 우산꽂이에는 검은색과 핑크색 우산만 있을 뿐 내가 들고 온 연두색 우산은 보이지 않았다. 하필 왜 내 우산을, 기운이 빠지면서 몸에 전기가 찌르르 흐르는 듯했다. 나는 흠칫 몸을 떨었다.

"이모, 혜숙 언니 폰 번호 좀 가르쳐주세요."

내 목소리가 불퉁하게 나갔다. 다시 식탁에 앉아 수저를 들었지만, 목젖이 들러붙은 듯 음식이 넘어가지 않았다. 이모의 표정에서 웃음이 가셨다.

"무슨 사정이 있구나. 일단 밥들 먹고… 나중에 전화해보렴."

"네. 이모."

유미가 메시지 음이 울리는 폰을 집어 들었다. 폰을 들여다보던 유미가 나와 이모의 얼굴을 한 번씩 일별하더니 설핏 웃음을 머금었다.

"지나야, 우리 언니가 남대문시장에 가서 티셔츠 사 오래. 여기서 먼 것 아냐?"

"뭐? 남대문시장?"

우산 문제도 아직 해결이 안 되었는데 유미는 거기다 한 가지 미션을 더 보탰다. 머리에 이물질이라도 들어온 듯 얼크러지는 느낌이었다. 그래도 유미를 보며 히죽 웃었다.

"일단 우산이 먼저야."

"우산 하나 갖고 뭘 그러냐?"

"티셔츠야 여기서 사나 거기서 사나."

"남대문이나 동대문이나."

이모가 넌지시 우리를 바라보다 수저를 놓고 눈만 끔벅였다. 내가 유미에게 눈짓을 보냈고 우리는 입을 다물고 밥을 먹었다. 이모의 심기를 불편하게 하면, 내일까지 있지 못하고 부산으로 내려가야 하는 상황이 닥칠지도 몰랐다. 이모의 성미는 엄마보다 깐깐하다는 것을 어릴 때부터 알고 있었다.

"이모, 혜숙 언니 연락처가 몇 번이죠?"

"그래 잠시만 기다리렴."

식탁을 다 치운 이모가 폰을 보며 번호를 불렀고 나는 폰에다 번호를 찍어 저장했다. 수첩과 볼펜을 옆에 두고 혜숙 언니에게 전화를 걸었다.

"혜숙 언니, 그 우산 갖고 가시면 안 돼요. … 오늘 누구한테 전해 줘야 되거든요. … 적을게요. 신촌역 2번 출구로 나와 앞으로 100미터 가서 오른쪽으로 50미터. 편의점 지하 건물. … 네 도착하면 전화 드릴게요."

유미와 같이 방으로 들어왔다.

"아, 짱나. 남의 우산을 왜 마음대로 갖고 가고 난리야?"

수첩과 볼펜을 가방에 넣으며 내가 말했다.

"그러게. 하여간 어른들은 웃겨. 근데 그 우산에 무슨 보물이라도 숨겨 놓은 거야?"

사라진 우산

유미가 가방에서 파우치를 꺼내며 의아한 표정으로 물었다.

"그런 게 있어. 나중에 알게 돼."

내가 정색을 하며 말하자, 유미가 뜨악한 표정을 지어 보이며 고개를 갸웃거렸다. 나는 창으로 다가가 밖을 내다보았다. 높은 아파트 건물들 너머로 한강이 조금 보였다. 이 도시 어디선가 블랙티가 살고 있다고 생각하니, 심장이 물고기처럼 펄떡였다. 블랙티와 헤어지고부터 나도 모르게 살이 찌기 시작했다. 그즈음 매사에 의욕이 시들하고 줄었지만 식욕은 그와 반대여서 몸무게가 5kg이나 늘었다. 고등학생이 되어 조금 빠지긴 했지만 여전히 예전 같지 않아서 마음이 초조했다. '어차피 이별을 위한 인사야. 살이 찐 네 얼굴이 무슨 상관인데?' 나는 나를 나무라듯 말했다. 그와 기분 좋게 인사를 나누고, 나에 대한 좋은 이미지를 갖게 하면 그만인 것이다.

'그에게 잘 보이고 싶은 거구나. 블랙티와 다시 잘해보자고? 나를 받아주기나 할까? 안 될 것도 없지 뭐. 아니다. 아니다.' 나는 눈을 꾹 감았다 뜨며 고개를 세차게 옆으로 흔들었다. 내 안의 두 마음이 싸우고 있었다. 유미는 손거울을 보며, 로션을 바르고 비비크림을 발랐다. 틴트까지 바르고 나니, 유미가 달라 보였다.

"지나야, 너도 화장해."

나는 유미 옆에 앉아 내 파우치에서 립밤을 꺼내 발랐다. 노란색 립밤에서 망고 사탕 향이 났다. 내 파우치에는 늘 립밤이 들어 있었다. 무슨 고민거리가 있거나 불안할 때 립밤을 바르는 습관이 있어서였다. 립밤을 바르며 무의식적으로 입술을 핥기도 하며 생각에 잠겼다. 립밤 뚜껑을 벗기고 본체를 오른쪽, 왼쪽으로 돌리며 올리고 내리다 보면 기분이 좋아졌다. 까칠했던 입술이 촉촉해지면서 내 마음에도 윤기가 차르르 감도는 느낌이었다. 비비크림과 코랄 색 틴트도 발랐다. 공연장에 들어갈 때, 이왕이면 예쁜 얼굴로 입장하고 싶었다. 화장품을 파우치에 넣고 정리하는데 전화가 울렸다. 엄마였다.

"지나야, 잘 잤어? 아침밥은 먹었고?"

엄마의 목소리가 맑고 낭랑했다.

"잘 잤어. 밥도 맛있게 먹었고. 혜숙 언니와 이모가 잘해주셔. 참, 아침에 세이 모이 주는 것 알지? 물도 갈아주고."

"그래. 알고 있어. 저녁에 공연 보러 가는 거지? 낯선 길이니, 조심해서 다녀라. 일 생기면 혜숙 언나나 이모한테 빨리 전화하고."

"오키. 잘 다녀올게."

세이는 내가 키우는 앵무새 이름이다. 시나몬 코뉴어라는 종인데 우리말로는 '초록 뺨 비늘 무늬 앵무새'다. 엄마와 시내 구경 갔다가 새 전시장에 우연히 들어가 만나게 된 새였다. 새장에 있던 시나몬 코뉴어를 내 손에 올려 보았는데 물지도 않고 날 가만히 보고 있어서 친구가 될 것만 같았다. 나는 그 녀석이 마음에 들었고 우리 집 새 식구로 인정하는 걸로 엄마의 동의를 받아냈다. 엄마는 내가 외동딸인 데다 아빠까지 없으니 외로워할까 봐 전전긍긍하는 눈치였다. 혹여 사춘기에 문제라도 일으킬까 봐 신경 쓰이는 모양이었다. 친구들과도 소원해지고 말수가 줄어들자 친구삼아 새를 들여놓은 거였다.

내 방에 새장이 설치되면서 아침에 새 소리를 듣고 일어나는 행운을 얻었다. 학교를 마치고 집에 돌아와 새를 새장에서 꺼내 어깨나 팔에 올려놓은 채로 숙제도 하고 밥을 먹었다. 앵무새의 이름을 '세이'로 짓고 "세이야, 세이야"라고 불러주었더니 언젠가부터 이름을 듣고 내 쪽으로 돌아보았다. 세이는 나의 둘도 없는 친구가 되었다. 반 아이 혜진이는 어느 날, 자기 집 베란다 창으로 시나몬 코뉴어 종의 앵무새 한 마리가 들어왔다고 했다. 새를 잃은 주인에게 어떻게 보내지? 하고 고민하다 새가 너무 귀여워서 모이를 구해오고 새장을 준비해서 며칠 집에서 보살폈다. 그러다 정이 들어 도저히 다른 데로 못 보내겠다고 나한테 하소연했다. 어떻게 주인을 찾아야 할지 모르겠다는 변명을 하면서. 그리고는 창문을 잘 닫아두어야 한다고 충고를 했다. 새가 언제 날아갈지 모른다면서.

유미가 청바지와 베이지색 후드 티로 갈아입었다. 나도 청바지와 민트색 후드점퍼로 갈아입었다.

"유미야, 남대문시장 꼭 가야겠지?"

우산을 찾으러 가야 하는데 시장도 가야 한다니, 마음이 무거웠다.

"글쎄. 시간 되면 가고 안 되면 말고. 공연장 가기 전에 들러 볼까?"

"아니 시장에 먼저 가도 돼. 네 언니가 공연 티켓과 열차 티켓도 끊어줬잖아."

나는 유미를 향해 미소를 지으며 말했다.

"티셔츠 금방 살 거야. 우산은 가서 찾기만 하면 되고. 걱정할 것 뭐 있어?"

유미도 웃으며 말했다. 아까 겪었던 불안이 눈 녹듯 사라지고 어느새 마음이 밝아졌다.

"얘들아, 나와서 과일 먹으렴."

이모가 부르는 소리가 들렸다. 외출준비를 마친 우리는 에코백을 메고 거실로 나갔다. 거실 탁자에 사과와 방울토마토가 접시에 담겨 있었다. 이모가 앉아 TV를 보고 있었다.

"너희들, 지금 나가는 거야? 저녁 공연이라더니."

이모가 우리 차림을 쓱 훑어보며 말했다.

"저녁 공연이지만, 세시부터 티켓 끊는가 봐요. 남대문시장도 가야 하구요."

"그렇구나. 과일 조금이라도 먹고 가. 서울 왔으니, 구경 다녀야지."

유미와 나는 탁자 앞에 앉았다.

"혜숙 언니, 토요일인데도 많이 바빠요?"

이모는 TV 보느라 내 물음을 못 들었는지 대답이 없었다. 내가 다시 연거푸 물어보니, 날 뜨악하게 쳐다보았다. 이모 귀가 좀 어둡다는 엄마의 말이 생각났다. 이모네는 이모, 이모부, 사촌 오빠, 사촌 언니, 이렇게 네 식구였다. 이모부는 건축 감리사인데, 지방에서 근무한다. 서울에서 근무할 때보다, 지방에서 일할 때가 더 많은 편이다. 사촌 오빠 기훈은 야구선수인데 구단이 있는 인천에 살고 있다. 엄마는 이모 집에, 이모와 언니 둘뿐이니 친구와 같이 잠을 자도 될 거라고 했다.

"우리 혜숙이 말이야? 극단에서 일하고 있지. 무슨 바람이 불었는지 몰라. 처음에는 알바로 시작하더니, 얼마 전에 휴학계를 내고 극단에 들어갔어. 지나는 공부 잘하고 있지?"

어른들은 늘 공부 타령이다. 그 얘기 빼면 할 얘기가 없는 걸까.

"공부도 하고 취미활동도 하고 그래요."

"엄마한테는 너밖에 없잖아. 엄마 힘들지 않게 말 잘 듣고 힘이 되어야지."

"네…!"

TV 옆에 기훈 오빠 사진이 보였다. 붉은색 유니폼을 입고 야구방망이를 든 채 녹색 잔디 구장에서 찍은 사진이었다.

"와, 기훈 오빠 폼이 멋진데요. 오늘 경기 있겠네요. 인천인가요?"

"그래. TV로 보면 된단다. 너희들은 못 보겠구나."

"네. 이모가 우리 몫까지 응원 많이 해주세요. 꼭 이길 수 있게요."

"그러자꾸나."

"참 남대문시장, 여기서 멀어요?"

"서울역에서 가깝단다. 어제 서울역에서 내렸지? 앞에 숭례문 보이지 않았어? 남대문이라고도 하지만 숭례문이 원래 이름이지. 2008년인가 9년인가, 누가 불만을 품고 불을 질러 죄다 불타고 새로 복원한 거란다."

"진짜요?"

유미와 내가 동시에 물었다.

"우리 문화재가 그렇게 되어서 얼마나 안타까웠는지. 남대문시장은 그 뒤에 있단다. 길 모르면 물어보렴."

우리가 자리에서 일어나자, 이모가 점심 사 먹으라며 삼만 원을 주었다.

"고맙습니다. 이모, 잘 쓸게요."

"그래. 서울이 복잡하고 낯선 곳이니, 조심해서 다녀라."

유미와 나는 인사를 하고, 밖으로 나왔다. 하늘을 보니, 새털구름이 떠 있었지만 파란 잉크를 풀어놓은 듯 청명했다. 우산이 필요 없는 날씨지만 손에 없으니 허전했다. 그 우산에는 오늘 나에게 비밀을 열어 줄 열쇠가 숨어 있으니까. 나는 심호흡을 길게 하고 유미와 지하철역을 향해 걸어갔다.

블랙, 티

서울역으로 갔다. 어젯밤에 열차에서 내렸던 곳이다. 열차에서 나와 지하철을 바로 타는 바람에 서울역 주변을 제대로 보지 못했다. 폰으로 길 찾기를 하며 남대문시장으로 걸어갔다.

유미와 나는 통하는 게 많은 편이다. 카톡 화면에는 좋아하는 연예인 사진이 걸려 있는데 약속이나 한 듯 비슷한 사진이 올라가 있다. 대만 배우 왕대륙, 영국 배우 톰 홀랜드를 좋아해서 사진을 카톡 배경에 올려놓았는데 유미 카톡에도 같은 사진이 올라가 있었던 것이다. 취향이 비슷하고 마음이 잘 맞았다. 한 시간 동안 말을 않고 함께 음악만 들어도 어색하지 않을 것이다.

우리는 학교 난타 동아리 회원이고 유미는 난타부 부장이다. 점심시간에 연습하는데 난타부는 점심을 먹으러 급식소에 갈 때, 맨 앞에 줄을 서서 갈 수 있는 특혜를 누린다. 그때마다 유미와 나는 어깨를 으쓱하며 급식소로 들어선다. 밥을 다 먹고 곧장 연습실로 가서 각자 난타 연습을 하다가 전체가 다 모이면 합주를 한다. 양쪽에 북채를 들고 박자에 맞춰 북을 연신 두드리다 보면, 몸 안에 엉기고 막혀 있는 핏줄이 제 길을 찾아 술술 흐르는 느낌이다. 우리는 말하는 대신, 음악을 듣고 북채를 두드리며 영혼의 교감을 나누는 친구이다. 그런데 얼마 전 온천천 공원에서 청소년문화제 난타 공연을 한 후, 유미가 갑자기 난타부를 그만두었다. 나는 어떡하든 유미를 설득해서 같이 하고 싶었지만, 유미는 고집을 꺾지 않고 있다.

지난 난타 공연 때였다. 우리는 온천천 공원에 도착해 무대 뒤 부스에서 옷을 갈아입었다. 검은색의 블라우스와 검은색 통 넓은 바지를 입고 허리에 핑크색 천을 두르고 리본으로 묶으면 난타복이 완성되었다. 우리 차례가 되어 단상에 오를 때는, 마치 구름 위를 오르는 기분이었다. 양쪽에 북채를 들고 북을 두드리며 옆에 있는 유미와 가끔 눈을 마주치며 싱긋 웃었다. 아무리 두드려도 팔이 아픈 줄을 몰랐다.

무대에 올라 관중을 바라볼 때는 새롭고 낯선 자신을 만나는 것 같았다. 무대의 높이만큼 자존감도 올라갔다. 그래서 무대 위에서는 나의 한계를 뛰어넘는 기량을 펼치며 새로운 꿈을 꾸게 된다. 그 환상적이고 드라마틱한 세계는 거기에 올라선 자만이 온몸으로 느낄 수가 있다. 우리는 공연을 순조롭게 마치고, 저녁에 식당에 가서 삼겹살 파티를 했다. 벅찬 하루를 끝내고 집에 돌아왔을 때는 온몸의 세포들이 부푸는 느낌이었다.

'어떻게든 유미를 설득해 다시 난타부에 돌아오게 해야 되는데…'

나는 폰을 들여다보는 유미를 곁눈질하며 생각했다.

"국보 1호인 숭례문을 바라보는 남대문시장은 전통 종합시장이고 역사가 600년이야. 조선 태종 14년에 조정이 감독하는 시전 형태로 출발했대. 점포가 1만 개고 하루 30만 명이 들린대."

유미가 말했다. 뭐든 궁금한 건 찾아봐야 직성이 풀리는 건, 유미다웠다.

"오우, 그럼 서울에서 제일 큰 시장 아냐. 당근 우리나라에서도 제일가는 시장이겠고."

"맞아. 이런 말이 있대. 남대문시장에 없으면 서울 어디에도 없다. 남대문시장엔 고양이 뿔 빼고 다 있다."

우리는 함께 깔깔거렸다.

"우리가 지금 대한민국 최고의 시장을 방문한단 말이지. 역사적인 순간이네."

내가 감격스러운 표정을 애써 지으며 유미를 보고 말했다. 시장을 배경으로 우리 둘의 셀카 사진을 찍었다. 시장을 둘러보다 티셔츠 매장이 보여서 들어갔다. 유미는 언니가 말한 흰색 티셔츠 두어 개를 골라 사진을 찍어 언니에게 전송하고, 또 다른 셔츠를 골라 사진을 찍으며 티셔츠를 골랐다. 색색의 셔츠 사이로 검은색 티셔츠가 내 눈에 띄었다. 그중의 하나를 골라 내 앞에 펼쳐보았다. 마치 블랙티가 내 앞에 서서 나를 바라보는 것처럼 보였다. 아직도 내가 선물로 준 블랙티를 입고 다닐까? 나는 피식 웃었다. 블랙티도 날 보며 히죽 웃는 것 같았다. "지나, 여기까지 오느라 수고했어. 나도 많이 기다렸어."

블랙티 목소리가 귓전에서 윙윙거렸다. 승전을 기원하는 전사처럼 나도 모르게 주먹을 꼭 쥐었다. '조금만 기다려줘. 블랙티 오빠.' 지금 사는 티셔츠가 사실은 이별 선물이라는 걸 나는 알고 있다. 아무리 노력하고 가까이 다가가고 싶어도 예전처럼 가까워질 수 없다는 것을 모르는 바보는 아니다. 어쩌면 인기 아이돌과 팬 사이의 그렇고 그런 관계로 그칠지 모른다. 우리 관계는 그렇게 되어버린 거다. 당연히 내가 물러나야 한다는 걸 알고 있지만…, 그래도 꿈은 꿀 수 있지 않을까? 나는 입술을 말아 깨물며 어깨를 으쓱했다.

"너 뭐하냐? 얼이 빠져 갖고. 촌스러운 거 티 내냐?"

언제 왔는지 유미가 내 옆에 와 있었다.

"네 얼굴이 빨개져 있네. 대체 무슨 생각하고 있었어?"

유미가 의아한 표정으로 내 얼굴을 빤히 쳐다보며 물었다. 그제야 퍼뜩 정신이 들었다.

"엉?… 아냐, 아무것도…. 나도 티셔츠 하나 사려고…."

"남자 꺼? 누구 주려고? 아까 그 사촌오빠?"

"아냐. 그런 게 있어. 나중에 얘기할게."

"우리 지나가 비밀이 많아요. 너 혹시? … 남친 있는 것 아냐? 빨리 말해."

유미가 은근한 눈빛으로 나를 흘겨보며 물었다.

"아냐. 남친은 무슨?"

나는 펄쩍 뛰며 고개를 연거푸 내저었다. 검은색 대신 청록색 체크 무늬 셔츠를 큰 사이즈로 한 장 골랐다. 중학생까지만 검은 옷을 입을 거라는 블랙티의 말이 생각나서다. 유미는 세 장이었다. 카운터에서 계산할 때 나는 포장을 부탁했다. 주인 여자가 작은 마분지 상자에 티셔츠를 잘 개어 넣고, 자주색 포장지로 싼 다음 핑크색 리본까지 매어주었다. 나는 그것을 에코백에 조심스레 넣었다. 우리는 점포를 나왔다.

"언니가 옷 마음에 든대?"

"당근. 저렴하면서도 예쁘대. 친구들에게 자랑하려나 봐."

"네 언니도 미인이던데. 엄마를 닮아서 그렇지? 너도 그렇고."

나는 유미를 힐긋 바라보며 말했다.

"예쁘면 뭘 해? 우리 엄마, 자식들한테 얼마나 욕심이 많다고. 지금은 예전보다 좀 나아져서 다행이지만."

친구들은 유미가 커서 배우나 모델을 해도 손색없겠다는 얘기를 했다. 공부도 잘해서 1등 아니면 2등이었다. 유미의 집은 우리 집 바로 옆 동이었다. 중학교 다닐 때 안 좋은 일이 있었다는 소문이 있었지만 무슨 일인지는 아무도 몰랐다. 유미가 말 안 하는 걸 캐물을 수도 없었다. 우리는 학교를 마치고 집으로 가면서 편의점에 들러 아이스크림이나 컵라면을 사 먹으며 친해졌다. 유미랑 다니면 누구나 유미에게 관심을 가지고 얘기를 붙이고 싶어 한다는 걸 알았을 때, 나는 울고 싶었다. 함께 다녀봤자, 손해만 볼 것 같은 느낌이 들지 않은 것도 아니었다. 그러나 유미가 속이 깊고 입이 무겁다는 걸 나는 잘 알고 있었다. 유미와 단짝이 되고 나서 고민이나 비밀도 유미에게만 털어놓게 된 것이다. 아무리 유미가 나보다 예쁘고 공부도 잘하는 모범생이라도 나는 유미와 떨어질 수 없는 단짝 친구이다.

"배고프다. 우리 떡볶이 먹으러 갈까?"

내가 주변을 두리번거리며 말했다.

"그래. 배에서 꼬르륵 소리 난다. 헤헤."

"저기, 분식집 있네. 들어가 보자.

분식집으로 들어가 떡볶이와 김밥을 주문했다. 우리 동네에서 먹은 눈물 떡볶이보다 더 매콤해서 흐르는 눈물, 콧물, 땀을 티슈로 닦아가며 허겁지겁 먹었다. 유미는 가끔 물만 마실 뿐 눈물, 콧물은 흘리지 않았다.

"우리 동네 떡볶이보다 무지 매운데, 안 그래?"

내가 입을 호호 불어가며 유미에게 물었다

"그러네. 나는 매운 음식 잘 먹거든. 캡사이신이 내 혀를 톡톡 쏠 때마다 묘한 희열이 느껴져. 이깟 맛 정도는 내가 정복한다는 성취감 같은 것도. 암튼 난 괜찮아."

"그래? 별 희한한 희열과 성취감이네."

티슈로 입술 주변을 문지르며 내가 말했다.

"참, 너 난타 어떡할 건데? 정말 그만둘 거야?"

"당근이지. 다른 반 애들 꼬락서니 보니까 도저히 못 참겠어. 난타 샘이 나만 위해 주고 내 편만 든다고 난리 치는 것 너도 봤잖아.

사실… 한 가지 이유가 더 있지만….”

유미가 두 눈을 꼿꼿이 세워 나를 노려봤다.

“너까지 그만두면 우리 정서여고 난타부 파산이야. 한 가지 이유는 또 뭔데?”

“나, 사실 엄마 몰래 한 거였거든. 이번 발표때 그만 들통이 났어. 우연히 내 폰에 있는 사진을 봤나 봐. 공부에만 전념하라네.”

“그래? 너희들 집은 엄격한 분위기네.”

유미가 입술을 삐죽거렸다. 그래서 싫다는 건지, 아니라는 건지.

“오늘, AP레인 공연 너무 기대된다. 드디어 윤지완 만나잖아. 짜잔.”

유미의 기분을 풀어주려고 화제를 돌렸다. 나는 노래를 부르기 시작했다.

“네 눈에 서린 어두운 그림자가 나 때문인 줄 몰랐어. 너의 끈 풀린 운동화가 나 때문인 줄 몰랐어. 네 눈에 흐르는 눈물이 나 때문인 줄 몰랐어. 너의 쓸쓸한 뒷모습이 나 때문인 줄 몰랐어. 내가 우산을 씌어줄게. 네 손을 내밀어 봐. 우리 다시 그림을 그리자. 난 네 마음속에 아름다운 그림으로 남을 테야. 내가 우산을 씌어줄게.”

어느새 유미도 따라 부르고 있었다.

“윤지완 오빠 목소리는 멜랑콜리해서 더 매력적이야. 멜랑콜리한 가사에 딱 어울리는 것 같아. 안 그래?”

유미가 멜랑콜리한 표정으로 나에게 말했다. 진짜 윤지완한테 빠져 있는 눈빛이었다.

"그건 그래. 그뿐이냐? 가사도 마음에 쏙 들어오잖아."

내 목소리가 물기에 젖은 듯 바이브레이션으로 흘러나왔다.

"맞아. 상대의 마음에 깊숙이 들어가, 진짜 그 사람을 위하는 마음이 절절히 울려 퍼지는 것 같아. 우산을 씌어준다는 건, 어떤 아픔도 함께하겠다는 거잖아."

유미의 표정은 마치 그 가사에 감정이입이라도 된 듯 보였다.

"누군가, 우산을 함께 쓸 사람이 옆에 있다는 것만으로 행복하겠지?"

나 역시 감정이입이 되어 몽롱한 표정으로 물었다.

"그럼. 당근이지."

유미가 장단을 맞추고는 생각에 잠겼는지 말이 없었다. 나도 말을 않고 조용히 생각에 빠졌다. 블랙티와 우산을 쓰고 공원을 걸었던 일, 수련회에 함께 갔던 일이 생각났다. 그런 그가 지금은 너무 멀리 가 버렸다. 윤지완 노래에 있는 가사를 한 소절 한 소절 음미해 보았다. 눈물이 금방이라도 흐를 것 같았지만, 애써 눙쳤다.

"오늘, 윤지완 한 번이라도 직접 볼 수 있다면 좋겠어. 너도 윤지완 좋아하잖아. 우리 셋이 같이 사진이라도 찍을 수 있다면 얼마나 좋겠냐? 꿈같은 얘기지만."

꿈꾸는 듯 몽롱한 유미의 표정에서 간절함이 보였다.

"뭐? 그게… 그러니까… 얘, 빨리 먹자. 우산 찾으러 가야 되잖아."

얼굴이 화르르 달아올랐다. 재빨리 남은 김밥을 집어 들었는데 손이 떨려 그만 탁자에 떨어뜨렸다. 황급히 집어 올려 입안으로 넣어 우걱우걱 씹었다.

"너 갑자기 왜 그래? 식은땀까지 흘리고."

"아냐… 내가 뭘. 떡볶이가 매워서 그렇지."

나는 대충 얼버무리며 표정을 관리했다. 유미에게 미안한 마음이 없는 것도 아니었지만 언젠가 이해하리라 믿으면서 말이다. 유미는 쉽게 속내를 털어놓는 편이 아니었다. 예전에도 유미가 단짝처럼 친하게 지내던 다형이랑 더 이상 놀지 않는다는 걸 나만 모르고 있었다. 그걸 알게 된 건, 한 달이 지난 후였고 다른 친구를 통해서였다. 학년 초 4월이었던가. 학급 행사로 벚꽃 사진 콘테스트가 열렸을 때, 유미가 찍은 다형이 사진이 1등을 차지했다. 다형이는 문화 상품권을 두 장 받았지만, 유미에게 고맙다는 말 한마디 없었다. 두 사람 사이에 틈이 벌어졌고, 유미는 더 이상 다형이랑 놀지 않았다. 그 얘기를 유미는 나한테 털어놓은 적이 없었다. 그런 유미가 AP레인이나 윤지완에 관한 얘기는 스스럼없이 나에게 털어놓았다. 처음에는 윤지완 얘기도 비밀로 하더니, 요즘은 나한테 숨기는 게 거의 없는 편이다. 그렇지만 내 마음에는 암호로 저장된 사연이 몇 개 꿈틀거리고 있다. 유미에게도 말하지 않은 사연이 내 안에 고이 간직되어 있는 것이다. 그걸 누군가에게 터뜨려버리면 내 영혼이 어디론가 흩어져 버리는 느낌이다. 때로는 타임캡슐처럼 밀봉하여 파묻을 필요도 있는 것이다.

우리는 식당을 나와 큰길에서 택시를 탔다. 휴대폰 시계가 두 시를 가리키고 있었다. 낯선 도시여서 그런지 이상하게 초조한 기분이었다. 지리적으로 까막눈이라 그럴 수도 있고, 공연이 기다리고 있어 그럴 수도 있을 것이다. 암튼 마음이 조급해지고 불안했다. 택시기사에게 가는 길이 적힌 수첩을 보여주었다. 등받이에 등을 붙이고 창밖으로 시선을 보냈다.

창밖으로 서울 거리와 빌딩, 거리를 오가는 사람들 모습이 휙휙 지나갔다. 차들이 길게 정체된 모습이 복잡해 보였지만 그 속에서도 뭔가 질서가 살아 움직이는 듯했다. 높은 빌딩이 많은 것이 위압감을 주었지만, 낯선 도시를 택시로 가로지르는 기분이 묘했다. 블랙티와 나 사이의 간격만큼이나 서울이라는 도시가 멀어 보여 내가 이방인처럼 느껴졌다. 절대로 가까이 갈 수 없고, 가까이해서도 안 되는 곳을 애써 찾아온 것일까? 나는 어깨를 으쓱거리며 습관처럼 입안을 볼록하게 만들었다가 훗, 하고 공기를 내뱉었다.

"학생, 여기야. 다 왔어."

택시기사 아저씨의 한마디에 정신이 번쩍 깨어났다. 택시에서 내렸다. 앞에 편의점이 보였고 우리는 그쪽으로 터벅터벅 걸어갔다.

27

어서 와, 여기는 처음이지?

혜숙 언니가 일하는 곳은 편의점 건물의 지하인데 연극을 공연하는 극장이었다. 편의점 앞에서 언니에게 전화를 걸었더니, 무대 옆 분장실로 오라고 했다.

"어서 와, 여기는 처음이지?"

혜숙 언니가 환한 미소로 우리를 환영했다. 분장실 안으로 들어가자, 지하라 그런지 큼큼한 곰팡내가 희미하게 풍겼다. 분장실 안에는 원탁이 가운데 놓여 있고 구석에 소파가 있었다. 소품으로 쓰이는 물건들이 벽의 선반에 정리되어 있었다. 색 바랜 연극 포스터가 벽에 몇 장 붙어 있었다. 남녀 탈의실도 보였다. 우리가 탁자에 앉으니, 언니가 냉장고에서 오렌지 주스를 꺼내 한 잔씩 주었다. 배우들은 보이지 않았다. 혜숙 언니는 청바지를 입고 티셔츠 위에 체크 남방을 걸친 채였다. 어제 이모 집에서 봤을 때와 또 다른 분위기였다. 생동감이 느껴지고 언니 얼굴에서 투명한 빛이 어른거렸다.

"점심시간이라 다 식당에 갔어. 우산 찾으러 오게 해서 미안해, 지나야."

혜숙 언니가 탁자 위 연극 대본을 간추리며 말했다.

"괜찮아요. 덕분에 여기 구경도 하고 좋아요. 우산은요?"

내가 초조한 표정을 누그러뜨리며 물었다. 유미가 이리저리 주변을 두리번거렸다.

"우산, 여기 있어."

혜숙 언니가 뒤를 돌아보는데 우산이 보이지 않았다. 나와 유미는 마주 보며 황망한 눈빛을 교환했다.

"어, 이상하네. 여기 두었는데…."

혜숙 언니가 일어나 분장실을 구석구석 살폈다. 나도 이리저리 휘둘러보았다. 배우들이 입을 의상들이 벽에 촘촘히 걸려 있었고, 그 아래는 모자, 스카프, 지팡이 등의 소품이 소쿠리에 담겨 있었다. 술병, 주전자, 주방용 그릇들도 한쪽에 보였다. 연극 소품들 같았는데 조명 탓인지 우중충하고 구질구질하게 보였다.

"잠깐만, 연락 좀 해볼게. 거 참…."

혜숙 언니가 한숨을 내쉬고 왔다 갔다 하며 통화를 했다. 세 번의 통화 끝에 전화기를 내려놓았다.

"세상에, 여배우 강나현 씨가 나갈 때 무심코 들고 나갔다네. 요 근처 카페에 있어."

또 우산을 찾으러 가야 한다니, 온몸의 기운이 좍 빠져나갔다. 오랜만에 콘서트도 볼 겸 서울 왔는데 우산만 찾다가 하루를 다 보내는가 싶어 기분이 언짢아졌다. 나는 유미를 보며 뜨악한 표정을 지었다. 유미가 고개를 절레절레 저었다.

"근데 언니, 하필이면 왜 그 우산을 갖고 나왔어요?"

"그야 뭐, 그 우산이 좀 특이하더라고. 아까 집에서 살짝 펴봤는데 분위기가 너무 좋고 격조가 느껴지는 거야. 뭐라 할까, 스토리가 느껴진다고 할까. 연극무대에 딱이라는 생각이 들었지."

"그래도 물어봤어야죠. 제 우산 아니라서 주인에게 전해 줘야 하거든요."

"이제 어쩌겠어. 근데 그 우산, 참 신기하더라. 녹색 손잡이에 뭐가 보여서 열어보았더니 건전지가 있었어. 작동이 안 되는 것 같아 새 걸로 교체하고 나니, 손잡이가 점점 따뜻해지는 거야."

"네? 그럴 리가요?"

"아냐. 확실해. 강나현 씨도 연기 연습할 때 들고 있더니, 손에 땀이 난다 하더라구."

혜숙 언니가 진지한 표정으로 얘기했지만 믿기지가 않았다.

"요 앞 큰길 사거리에 가면 카페가 보일 거야."

혜숙 언니가 내 어깨를 살짝 감싸 안아 주었다. 언니에게 인사를 하고 나왔다.

"연극 하는 사람이 왜 저래? 우산 손잡이에서 땀난다는 둥 허황된 생각이나 하고."

유미가 미심쩍은 표정으로 말했다.

"그러게. 마술 우산도 아닌데 말이야. 우리가 서울에 잘 못 올라온 걸까? 우산 자꾸 잃어버리고 찾아다니느라 시간 다 보내고. 유미야, 뭐가 잘못된 거야?"

"아냐, 이제 곧 찾을 거야. 그다음 AP레인 콘서트로 가면 돼. 지나야 힘내."

유미가 내 등을 두드려주며 말했다. 친구란 이래서 좋다. 사거리로 내려가 주변을 살펴보니 횡단보도 건너편에 카페가 보였다. 카페의 출입문 테두리가 빨간색이라 분위기가 밝아 보였다. 우리는 걸음을 재촉해 카페로 들어갔다. 시간이 촉박해지니 심장이 반 토막 날 듯 두근거렸다. 점심시간 직후라 손님이 많았고 시끌벅적했다. 매장은 넓었고 커피 향이 은은히 감돌았다. 카운터 쪽으로 가서 종업원에게 강나현 손님을 찾아달라고 했다. 종업원이 이름을 외치자, 창가 쪽 테이블에 있던 한 여자가 일어나 다가왔다. 오렌지색 클로쉐 모자를 쓰고 살구색 볼레로를 걸친 여자는 화장 탓인지 얼굴 표정이 잘 드러나지 않았다. 카페에는 연극 하는 분들이 모여 있는지 왁자하게 떠들고 있었고, 대본 얘기도 간간이 들렸다.

"우산 찾으러 왔다고? 잠깐만…."

여배우는 카운터 쪽으로 갔고 우리는 따라갔다. 여배우가 주변을 두리번거리더니 난감한 표정을 지었다. 종업원과 얘기를 나누고는 우리를 보며 어깨를 으쓱했다. 종업원이 문을 열고 밖으로 나갔다.

"찻값 계산하면서 저 구석에다 잘 세워두었는데… 이상하네. 우산이 안 보여. 찾으러 갔으니 잠깐만 기다려요. 학생."

31

여배우가 손짓을 써 가며 얘기하는데, 마치 연극 대사처럼 느껴졌다. 목소리는 낭랑했지만 미안한 기색도 없이 남의 일같이 얘기해 속상했다. 맥이 탁 풀리며 다리가 후들거렸다.

"우산이 안 보인다구요? 이런 날 남의 우산은 왜 들고 나왔어요? 지금 급하다구요."

여배우를 보며, 내가 눈을 부릅뜨고 정색을 하며 말했다. 나도 모르게 눈물을 질금거렸다.

"학생, 미안해. 연기에 몰입하다 보면 그렇게 돼. 여기 와 보니 우산이 내 손에 있더라구. 정말이야. 우산 하나 사주면 안 될까?"

몰입하다 보면 그렇게 되다니, 이 사람들 대체 뭐야. 차라리 대본이나 다른 걸 들고 나올 것이지, 왜 남의 애먼 우산을 들고 나오는지 원. 대략 난감이라는 말이 떠올랐다.

"안 돼요. 그 우산 아니면 절대로 안 되거든요."

"그래? 왜 그러는 건데?"

나는 표정을 풀지 않은 채 고개만 힘을 주어 가로저었다. 유미에게도 비밀로 하는 것을 처음 본 사람에게 말할 수는 없었다. 눈물 한 줄기가 흘러내리는지, 얼굴 한쪽이 축축해지는 것 같았다.

"지나야, 울지 마. 찾을 수 있을 거야."

유미가 카운터에서 가져온 티슈로 눈물을 닦아주며 말했다. 눈을 질끈 감자, 눈물 한 방울이 흘러 턱에 고였다.

"학생들 여기에 앉아 기다려. 핫초코 한 잔 시켜줄게.

여배우가 빈자리를 가리키며 말했다. 유미가 '고맙습니다'라고 말하며 내 팔을 잡아당겼다. 우리는 테이블 의자에 털퍼덕 앉았다. 기다리자고 마음을 다독이며 출입문 쪽을 연신 내다봤다. 여배우가 우리 앞자리에 앉으며 핫초코를 내려놓았다. 달콤한 핫초코가 입안을 적시며 식도를 타고 내려갔다.

"유미야, 시간은 자꾸 가고 진짜 초조해진다. 너는 안 그래?"

"나도 그래. 우산 하나 때문에 네가 왜 이러는지 진짜 궁금하네. 나중에 꼭 얘기해 줄 거지?"

"그래."

나는 유미를 보고 피식 웃으며 어깨를 으쓱했다.

"문혜숙 씨 사촌 동생이고 친구야?"

여배우가 나와 유미를 차례로 가리키며 말했다.

"네."

유미가 힘없이 대답했다.

"동생은 성격 좋게 생겼고 친구는 예쁘네."

여배우가 우리를 물끄러미 바라보며 말했다. 유미가 쑥스러운 표정을 짓더니 날 보며 눈짓을 했다. 어른들은 우리에게 적당히 붙일 말이 없으면 성격이 좋아 보인다고 한다. 그 표현이 개성 없이 두루뭉술하게 붙여진 거라는 걸 모르는 걸까. 그런 얘기를 들을 때마다 속에서 용암처럼 뜨겁고 들척지근한 것이 치받쳐 올라왔지만 나 스스로 새로운 이미지를 만드는 수밖에 없다며 억눌렀다. 외모가 전부가 아니라는 걸, 지금까지의 경험으로 잘 알고 있었다. 유미같이 마음도 착한 친구를 시샘하고 싶지는 않았다.

"애는 공부도 1등인데요."

"그래? 그럼 김태희네."

여배우가 눈을 크게 뜨며 유미를 보고 말했다.

"김태희가 누구…?"

유미가 의아한 눈빛으로 나를 보며 말했다.

"탤런트야."

"서울대학교 나왔잖아."

내 말에 여배우가 보충설명을 하자 유미가 고개를 끄덕였다.

"저는 그 정도 아닌데…."

유미가 고개를 갸웃거리며 멋쩍은 듯이 말했다.

"어머, 겸손하기까지. 암튼 공부 열심히 해. 앞으로 어떻게 될지 지금은 모르는 거야."

"고맙습니다. 언니도 멋지고 기품이 있어 보이는데요. 모자도 잘 어울려요."

유미가 쑥스러운지 얼굴에 홍조를 띠며 여배우에게 말했다.

"어머머! 애는 사람 보는 안목도 높네. 고마워. 다음에 서울 오면 연락해. 내가 맛난 거 사줄 테니."

"와, 진짜요! 그럴게요."

유미가 감동에 찬 표정으로 말했다.

"자, 여기에 네 번호 찍어 봐."

여배우가 휴대폰을 열어 유미에게 건네주었고, 유미가 번호를 찍었다. 잠시 후, 유미의 폰에서 벨 소리가 울렸다. 유미가 반가운 표정으로 휴대폰에 찍힌 번호를 저장했다. 자기들끼리 서로 칭찬하고 전번 주고받으며 난리였다. 대화에 끼지 못하는 내 기분은 시궁창에 빠진 생쥐 같다. 나는 불퉁한 얼굴을 하고 출입문 쪽으로 시선을 한 번씩 보냈다. 여배우가 멀뚱하게 앉아 있는 나를 흘깃거렸다.

"문혜숙 씨는 어쩌려고… 휴학까지 하고선…."

"언니, 알바하는 거죠?"

내가 여배우를 보며 물었다.

"알바는 무슨. 사랑 때문이지."

"네? 그게 무슨 말이에요?"

깜짝 놀란 내가 여배우와 유미를 번갈아 보며 물었다.

"몰랐어? 남자 배우와 사귀잖아. 그 남자가 연극을 하다 혹시 다른 여자 배우와 연분이 날까 봐 공연장을 늘 지키는 거지. 쉿!"

여배우가 작은 소리로 말하고는 검지를 입술에 살짝 대었다. 아까 분장실에서 본 혜숙 언니의 표정이 눈에 띄게 생기 있고 화사해 보인 게 생각났다.

"와, 네 언니 멋지다. 언니의 용기에 박수를…."

유미가 짝짝짝, 손뼉을 치며 환하게 웃었다. 남의 속도 모르고 여배우 얘기에 장단 맞추는 유미가 마뜩잖았다. 정말 우산을 못 찾을지도 모른다는 생각을 하면, 등골이 송연해졌다. 이러다 그냥 돌아갈지도 모르는 것이다. 설령 우산이 있다 한들, 블랙티가 나를 거들떠보기나 할까. 자꾸 불안감이 스며들었다.

"야, 이 판국에 무슨… 지금 우산을 찾나 못 찾나 그게 문제라구."

어서 와, 여기는 처음이지?

내 목소리가 카페 내부를 쩌렁쩌렁 울렸다. 나도 모르게 새된, 날카로운 금속성 목소리가 흘러나왔다. 손님들이 우리 쪽으로 고개를 돌렸다. 그제야 난 황급히 손으로 입을 막았다.

"야, 간 떨어질 뻔했잖아. 진짜."

유미가 나에게 눈을 부라리며 말했다.

"학생, 근데 좀 이상하더라. 연극 연습할 때 우산을 쥐고 있었는데, 손이 뜨뜻해지더라. 나중에는 마치 뜨거운 찻잔에 손을 대는 것 같더라구."

"…"

나와 유미는 서로 마주 보았다. 집에 두고 있을 때, 가끔 손잡이를 만지기도 했고 비가 오는 날에 한두 번 쓴 적도 있었다. 그때는 그런 일이 없었고 건전지가 들어 있는 것도 몰랐다. 아마 건전지가 방전되어 그런 모양이었다. 다 마신 핫초코 잔을 내려놓고 밖을 보는데 종업원이 우산을 갖고 들어오는 게 보였다. 나는 재빨리 일어나 우산을 받았다. 손님이 모르고 우산을 갖고 나갔다가 지나는 길 구석에 세워놓고 가버린 것 같다고 종업원이 말했다. 관리를 잘하지 못해 미안하다고 했다. 우리는 인사를 한 다음, 카페를 나왔다. 남의 물건에 허락 없이 손을 댄다는 게 얼마나 상대방을 곤혹스럽게 만드는 것인지 실감 났다.

"휴, 다행이네. 내 심장이 지금 녹진녹진해서 바로 쓰러지기 직전이야. 아마 못 찾았으면 나, 응급실 갔을 거야."

"그러게. 다행이야. 우리 기운 내자. 벌써 세 시 반이야."

유미가 스마트 폰에서 길 찾기를 들여다보더니, 2호선 한 번만 타면 된다고 했다. 드디어 공연장으로 가게 된 것이다. 온몸이 나른하고 힘이 좍 빠졌다. 당장이라도 쓰러질 것처럼 두 다리가 후들거렸지만 나는 유미의 팔을 움켜잡으며 입술을 앙다물었다. 지하철 플랫폼에서 기다린 지 3분만에 열차가 도착했다. 많은 사람이 타고 있어서 겨우 자리를 찾아 섰다. AP레인의 공연을 텔레비전이 아닌, 공연장에서 직접 보게 되다니 실감이 나지 않았다. 더구나, 나에게는 우산도 있다. 우산을 전해주고 깔끔한 작별인사를 한 다음, 홀가분한 마음으로 돌아오고 싶다. 그러면 된다. 눈시울이 뜨거워졌다.

AP레인은 올해 데뷔해 돌풍을 일으켰다. 나는 AP레인의 음반은 물론 브로마이드, 응원봉, 사진 굿즈를 사들였다. 아이돌 사진전이 열리는 공원에서는 줄이 길어 한 시간이나 기다려 굿즈를 구매해야 했지만 피곤한 줄 몰랐다. 응원봉은 비싸서 두 달치 용돈을 겨우 모아서 샀다. 나뿐 아니라, 친구들도 마찬가지였다. 음원 스트리밍 앱을 휴대폰 홈 화면에 깔아두고 틈만 나면 접속했다. AP레인 노래 순위를 올리기 위해서였다.

아이들은 밤늦도록 팬 카페에서 덕질하느라 잠이 부족했다. 수업 시간에 꾸벅꾸벅 졸았고 얼굴은 푸석했지만 마음은 천당에라도 다녀온 듯 행복해 보였다. 우리는 모이기만 하면, 아이돌 덕질한 이야기를 했다. 윤지완은 AP레인 멤버 중에서도 인기가 많은 편이었다. 힙합 댄스를 잘 추고 고음을 잘 소화했다. 목소리 자체가 애절하고 호소력이 강한 강점이 있다. 슬프면서 촉촉한 눈매로 청중들을 매료시킨다는 얘기도 있었다.

블랙티가 갑자기 서울로 올라갔을 즈음, 뭘 해도 허전했고 책을 봐도 집중이 되지 않았으며, 친구들과도 잘 어울리지 않았다. 이어폰을 노상 꽂고 음악을 듣거나 영화를 내려받아 보면서 내 방에 틀어박혔다. 아니면 연습장에 온갖 낙서를 하거나 컬러링 북에 색칠을 하면서 시간을 죽였다. 잠을 자고도 시간은 늘 제자리에 있는 것 같았고 나와 함께 멈춘 것처럼 보였다.

블랙티가 떠난 지 2년 만에 아이돌 가수가 되어 나타났을 때, 나는 숨이 멎는 것 같았다. 처음에는 동명이인이라고 생각했지만, 프로필을 검색해서 블랙티가 맞다는 것을 알고 심장이 쿵 내려앉는 줄 알았다. 화장과 헤어스타일, 의상 때문에 단박에 알아보지 못한 것이다. 드디어 꿈을 이룬 그를 보자 나도 모르게 기뻐서 그 자리에서 팔딱팔딱 뛰고 엄마와 얼싸안으며 엉, 엉 울었다. 마치 내가 꿈을 이룬 것처럼 말이다. 엄마는 내 비밀을 알고 있었고 진심으로 축하하고 기뻐해 주었다. 친구들에게도 블랙티를 잘 안다고 말하고 싶어 입술이 벌렁거렸지만, 애써 눌러야 했다. 또 이상한 소문을 만들어낼지 알 수 없으니까. 블랙티와 헤어진 것도 소문 때문인데, 또 블랙티를 힘들게 할 수는 없었다.

한동안 흥분과 기쁨을 주체 못 할 시간이 흐르고 나자 그다음 사늘한 슬픔이 찾아들었다. 그가 성공한 것은 분명 축하할 일이고 기쁜 일이었지만, 그가 나에게서 더 멀리 가버린 느낌이 짓눌렀다. 우리 사이의, 건널 수 없는 강은 여전히 나를 비웃듯이 흐르고 있었다. 그를 볼 때마다 내 실수가 자꾸 떠오르고 블랙티가 손가락질하는 것 같았다. 내 책상 위에 놓인 거울이 나를 비추며 수시로 나의 검은 얼룩을 드러내는 듯해서 주눅이 들었다. 팬들이 블랙티에게 열광하고 환호를 보낼수록 나는 더 어깨가 처지고 위축되었다. 나는 점점 식탐에 빠졌다.

어느 날, 학교 점심시간이었다. 급식소에서 밥을 먹고 교실에 왔을 때 블랙티의 노래가 들려왔다. 반 아이들은 환호성을 내지르며 좋아했다. 어떤 아이들은 따라 부르기도 했다.

"네 눈에 서린 어두운 그림자가 나 때문인 줄 몰랐어. 너의 끈 풀린 운동화가 나 때문인 줄 몰랐어. 네 눈에 흐르는 눈물이 나 때문인 줄 몰랐어. 너의 쓸쓸한 뒷모습이 나 때문인 줄 몰랐어. 내가 우산을 씌어줄게. 네 손을 내밀어 봐. 우리 다시 그림을 그리자. 난 네 마음속에 아름다운 그림으로 남을 테야. 내가 우산을 씌어줄게."

자리에 앉아 노랫말을 가만히 음미했다. 내 안의 슬픔이 고요한 호수 위를 미끄러지듯 잦아드는 느낌이었다. 내 마음을 들여다본 블랙티가 나 대신 부르는 듯한 가사에 나는 깜짝 놀라 몸을 흠칫 떨었다. 블랙티는 정말 옛날의 추억을 그리워하고 나를 잊지 않은 걸까? 그의 노래에 나오는 우산은 내가 보관하고 있었고 우리 사이에는 끈 풀린 운동화에 대한 사연도 분명 있었다. 이미 다 알고 있으니, 오해를 풀자고 하는 노래였고 나를 향해 손짓하는 것처럼 들렸

어서 와, 여기는 처음이지?

다. '지나, 나도 그래. 너만 그런 것 아냐.' 그의 음성이 내 귀를 감작이며 나를 부르고 있었다. 어쩌면 내가 보낸 메시지에 대답도 않고 훌쩍 떠나버렸다는 데서 생긴 미안함 때문일까. 아니면 혹시 2년이라는 시간 속에 새 우산이 생기고 또 누군가와 사연이 있는 건 아닐까? 하는 의구심이 스쳤다.

블랙티처럼 매력적인 남학생이라면 충분히 그럴 수 있을 것이다. 그가 우산을 씌어준다는 대상이 꼭 나일 필요는 없었고, 내 착각일 수도 있으니까. 그렇다면 이제는 진짜 블랙티에게 나는 잊힌 존재가 되는 것이다. 나는 혼란에 빠져 책상에 엎드려 양손으로 머리를 움켜잡고 마구 흔들었다. 그때, 섬광처럼 머리를 스쳐 가는 게 있었다. 분명한 건, 내가 그의 우산을 갖고 있고 주인인 그에게 돌려주어야 한다는 것이다. 나도 모르게, 주먹을 쥐고 '얍' 하고 소리를 질렀다.

학교를 마치고 집으로 돌아와, 신발장 문을 열고 우산꽂이에 있는 연두색 우산을 꺼내 한동안 골똘히 바라보았다. 눈물이 핑 돌았다. 나는 한차례 우산을 쓰다듬고는 다시 우산꽂이에 꽂았다.

콘서트에 가야겠다고 결심한 것은 그때였다. 가사에 나오는 우산이 진짜 내가 갖고 있는 우산이 맞는지 확인해서 전해주고 싶었다. 나처럼 아이돌 그룹 AP레인에 심취해 있는 친구가 유미였다. 늘 붙어 다니면서 AP레인 얘기를 하다 보면 우리는 시간 가는 줄 몰랐다. 나는 유미에게 콘서트에 가자고 제안했고, 유미 언니의 도움으로 티켓을 구하고, 열차표도 끊었다.

혜숙 언니와 여배우의 말이 생각나 나는 우산의 녹색 손잡이를 만지작거렸다. 사실이었다. 오른손과 왼손의 온도가 달랐다.

"유미, 내 손 만져 봐."

유미가 왼손으로 내 오른손을 잡았다. 그리고 들고 있던 우산을 얼른 낚아챘다.

"우와 이 우산 왜 이리 따뜻하냐? 핫팩도 아닌데."

"진짜. 신기하지."

우리는 마주 보고 깔깔대며 웃었다. 웃음이 멈춰지지 않았다. 우산 때문에 마음고생을 한 탓인지 웃음소리가 더 크게 나왔다. 주변 사람들이 쳐다보는 것도 아랑곳하지 않고 우리는 실컷 웃었다. 잠시 후, 다음 역은 고척스카이돔 경기장이 있는 구일역이라는 안내 음성이 흘러나왔다. 나는 절대 우산을 놓치지 않겠다는 듯, 오른손으로 우산 손잡이를 꼭 쥐었다.

그 애가 여길 어떻게 왔을까

　구일역에서 많은 사람이 한꺼번에 내렸다. 우르르 2번 출구로 나가기 때문에 이리저리 찾아 헤맬 필요가 없었다. 공연장으로 가는 인파였다. 폰을 열어 시계를 보니, 네 시였다. 올라가는 길에 야구 역사의 벽이 보였다. 돔 모양의 흰색 지붕이 시야에 들어왔다. 빠른 걸음으로 걸었지만, 이미 공연장 출입문 밖으로 이백 미터가 넘는 줄이 길게 서 있었다. 티켓팅을 하기 위한 부스 줄이었다. 우산을 못 전해주면 어떡하지, 하는 걱정 때문에 초조해졌다. 줄을 서자, 우리 뒤로 금방 줄이 이어졌다. 입장은 언제부터 하느냐고 앞에 선 남학생에게 물어보니, 다섯 시부터라고 했다. 줄이 빨리 줄어들지 않아, 뒤에 선 여학생에게 양해를 구하고 AP레인 플래카드가 있는 곳으로 갔다. 그곳에서 사진을 여러 장 찍었다. 윤지완 플래카드 앞에서 셀카로 같이 사진을 찍고 각자 독사진도 여러 장 찍었다. 텔레비전

방송에서 볼 때보다 윤지완 얼굴은 더 하얗고 윤곽선도 또렷했다. 유미는 프사에도 올리고, 페이스북에도 올릴 거라고 들뜬 목소리로 말했다. 다시 줄을 서서 찬찬히 줄 선 사람들을 둘러보았다. 대학생 언니, 오빠들도 왔고 초등학생을 데리고 온 어른들도 보였다.

오른손은 여전히 우산을 쥐고 있었다. 날씨도 좋은 날에 우산을 쥐고 있는 손이 민망했지만, 블랙티를 만날 수 있다는 생각을 하면 그것을 상쇄하고도 남았다. 오른손에 전해지는 온기가 점점 내 몸으로 퍼지듯 온몸이 따스해지는 느낌이었다. 나는 그것을 블랙티의 마음의 온도라고 생각하고 싶었다. 폰이 드르륵거리자 유미에게 우산을 맡기고 전화를 받았다. 엄마였다.

"지나, 어디야? 공연장 도착했어? 잘 찾아갔나 싶어서."

"지금, 티켓 받으려고 줄 서 있어."

"그래, 이모 집 가는 길 알지? 밤길 조심해서 찾아가야 돼. 이모 집 도착하면 메시지 보내라."

"오키. 알았어."

나는 전화를 끊었다. 엄마 목소리가 밝고 명랑해 보였다. 아빠가 떠나고 사춘기가 찾아와, 내 몸속 호르몬 변화 때문인지 나는 걸핏하면 엄마한테 화를 내고 짜증을 부렸다. 엄마가 정성껏 차린 밥상에도 반찬 투정을 하며 밥을 먹지 않을 때가 많았고 책가방이나 책상 위를 엉망으로 만들어 일일이 엄마의 손을 빌려야 했다. 나는 아무것도 스스로 하지 않으려 했고 몸을 움직이지 않았으며 몸이 아픈데도 약을 안 먹으려 해서 엄마 속을 터지게 했다. 아빠가 떠난

그 애가 여길 어떻게 왔을까

후, 엄마가 새로 시작한 도시락 매장은 자리가 잡히지 않아 애를 먹었다. 나는 영어, 수학 학원을 끊고 인터넷 강의를 들어야 했다.

한번은 밤중에 잠이 깨었는데, 어디선가 흐느끼는 소리가 들렸다. 방문을 살며시 열고 밖을 내다보니 엄마가 식탁에 앉아 울고 있었다. 나는 방문을 살며시 닫았다. 한 번도 눈물을 보이지 않았던 엄마가 밤중에 홀로 앉아 눈물을 흘리다니, 그 모습은 내 머릿속에서 지워지지 않았다. 엄마에게 눈물이 없을 거라고 생각한 건 분명한 착각이었다.

우리에게 사춘기가 찾아드는 것처럼, 엄마에게도 멜랑콜리해지는 시간이 존재하는 것이다. 돈 때문에 힘들어하던 엄마가 나까지 말썽을 부리자, 더 견딜 수가 없었을 것이다. 어쩌면 아빠의 빈자리도 엄마를 외롭게 했을지 모른다. 그 후, 나는 틈나는 대로 집 안 청소와 세탁기 돌리는 일을 도맡아 했다. 엄마가 식당 일을 하는 시간이 길어졌고 엄마 목소리도 점점 밝아졌다.

아빠가 우리 곁을 떠나갈 무렵, 엄마와 아빠 사이에는 대화가 거의 없었다. 아빠가 말을 건네도 엄마는 바로 대답하는 법이 없었다. 꼭 필요할 때는 나에게 말을 해서 전달하는 식으로 했다. "지나야, 오늘 엄마가 모임으로 늦으니, 저녁은 알아서 먹어." "지나야, 너 용돈 떨어졌지?" "지나야, 저녁에 쓰레기 분리수거 꼭 하도록 해라." 아빠가 보는 데서 나에게 말을 시켜서 아빠에게 전달하는 방식이었다. 이 방식조차 지쳤는지, 엄마는 일절 말을 하지 않았고 집안에서도 문자만 찍어댔다. 고요하고 무거운 분위기에 나까지 얼어붙는 느낌이었고 나 역시 말을 아꼈다. 엄마와 아빠는 서로에게 유령이고 있으나 마나 한 존재 같았다. 아니 그보다 더 상처를 주는 존재인지도 모른다. 엄마는 "사람이 살을 맞대고 살다 헤어지는데, 그 결정이 쉬운 것은 아냐. 수백 번을 고민하고 결정하는 거지." 하고 나에게 말한 적이 있었다. 아빠는 오피스텔로 짐을 옮겼고, 엄마와 나는 작은 집으로 이사를 했다. 많은 것이 불편했고, 아빠의 부재를 늘 의식해야 하지만, 시간이 흐르면서 조금씩 적응해갔다.

아빠는 가끔 나한테 전화를 걸어 학교생활을 잘하고 있는지를 물었다. 생일이 다가오자, 밥을 사주겠다고 해서 약속을 했다. 토요일, 시내 백화점 앞에서 아빠를 만나 백화점에 있는 스파게티 전문점에 들어갔다. 나는 까르보나라, 아빠는 몽골레를 시켰다. 아빠는 주름살이 늘어나 보였지만, 표정은 밝아 보였다. 내 하소연을 듣고, 고개를 끄덕였다. 학교생활에서는 친구 관계가 제일 중요하다고 했다. 엄마에 관한 얘기는 하나도 묻지 않았다. 내가 크면, 아빠를 이해할 것이라는 말을 하면서 내 손을 꼭 잡아주었다.

"나는 지금 사춘기야, 매사에 짜증이 나고 기분이 나빠. 그런데 다행히도 새 식구가 생겼어."

내가 푸념을 내뱉으며 스파게티 가락을 감아올리는 걸 아빠는 무표정하게 바라봤다.

"새 식구라면… 설마 벌써…."

아빠의 눈에 눈물이 차올라 발그레해졌다. 아빠에게 상상을 맡기고 그 모습을 좀 더 즐기고 싶었다.

그 애가 여길 어떻게 왔을까

"엄마에게 새로운 애인이 생긴 것 같아. 나도 한 번씩 같이 만나서 횟집에도 가고 일식집에도 간다. 그 아저씨, 나한테 잘 해 주는걸."

아빠의 얼굴을 또렷이 바라보며, 나는 능청스럽게 연기했다. 아빠의 얼굴이 붉으락푸르락했다.

"엄마는? 그럼 엄마도 요즘 행복해 보이는 거야?"

"그럼, 얼마나 좋아하는데. 엄마가 그렇게 들떠 있는 거, 처음 본 것 같아."

"…"

아빠가 시무룩한 표정으로 창밖으로 시선을 던졌다. 한동안 침묵이 흘렀다. 집에서 홀연히 사라질 때, 아빠의 심정은 어떠했을까? 그런데 지금 질투하는 저 꼬락서니라니, 아빠가 가소로웠다. 가만 있을까 하다가 아빠가 한편으로 가엾기도 했다.

"사실, 새 식구라는 게… 애완동물이야. 그래서 식구가 셋이 되었다는 거고."

나는 아빠에게 보란 듯이 야멸스레 말했다. 아빠의 표정이 급작스럽게 환해졌다.

"새를 말하는구나. 나를 놀려먹다니, 요 녀석…"

나는 피식 웃으며 고개를 끄덕였다. 스파게티를 먹고 나자, 아빠는 커피를 마시고, 나는 사이다를 마셨다. 달콤하고 부드러운 음료를 마시는 동안, 몸도 마음도 부드러워지는 느낌이었다. 나는 아빠를 보며 설핏 웃었다. 식당을 나와 주니어옷 매장에 가서 아빠는 내가 고른 후드점퍼를 사주었다. 그리고 집까지 태워주었다.

"남자친구가 생겼다든지, 말 못 할 고민 있으면 나한테 털어놔도 돼."

내가 차에서 내릴 때, 아빠가 말했다. 나는 고개를 끄덕였다. 집으로 돌아와 엄마에게 아빠의 선물을 보여주었다. 엄마는 고개만 끄덕였다. 아빠는 같이 살지 않을 뿐이지, 가족인 건 확실했다.

어릴 적에는 엄마, 아빠랑 셋이서 여행을 다니거나 식당에 가서 맛난 음식을 먹을 때, 그저 일상이라고 생각했지, 특별히 행복하다는 생각이 들지는 않았다. 우리 가족은 변함없이 늘 그럴 거라고 생각했다. 아빠가 우리 곁을 떠나버렸을 때, 그런 일상이 사실은 당연한 것이 아니었다는 것을 깨달았다. 사춘기가 시작될 무렵, 나는 시도 때도 없이 화가 치밀고 짜증이 일었다. 그것이 꼭 아빠의 부재 탓이라고 할 수는 없지만, 마음속 깊은 곳에서 뭔가가 뒤집히는 것 같았다. 친구들과 자주 갔던 눈물 떡볶이도 잘 가지 않았다. 얼마 후 친구인 현경이도 먼 나라 캐나다로 이민을 가 버려 나는 또 한 번의 이별을 겪었다.

우리 차례가 되어 학생증을 내밀며, 전화번호와 이름을 대자 티켓을 주었다. 파란색의 입장 팔찌 띠를 손목에 둘렀다. 30분 후면 입장이었다.

"유미, 우리 뭘 좀 먹고 들어가자. 공연 중에 배고플 텐데."

"인정. 아까 들어올 때 푸드몰 안내판 보이던데. 저기 사람들 들어가는 데로 따라가 볼까."

유미와 내가 지하로 내려가니 음식점들과 카페가 보였다. 우리는 버거 메뉴가 보이는 곳에서 기다렸다. 열 명이 넘게 줄을 서 있었다.

"오늘 기다리는데 이골이 난다. 그치?"

유미가 피곤에 쩐 표정으로 말했다.

"이래저래 피곤한 하루네. 이런 날도 나중엔 추억으로 남을 거야."

"입장을 조금 늦게 해도 괜찮겠지? 먹고 가자."

유미는 치즈 베이컨 버거를, 나는 불갈비 치킨버거를 주문했다. 우리는 음식을 받아 테이블 쪽으로 갔다.

"어휴, 다리 아파 죽을 뻔했네."

유미가 버거를 먹다 말고 다리를 주물렀다.

"윤지완 오빠 보려면 이만한 고생은 감수해야지. 안 그러냐?"

유미가 내 말에 풋, 웃었다. 점심 먹은 지 오래되어 치킨버거가 꿀맛이었다. 공연 중간에 화장실 갈까 봐 콜라는 마시지 않았다. 우리는 공연장 출입구로 갔다. 줄지어 들어가는데 유미가 내 팔을 쳤다.

"저기 봐. 임소은 아냐?"

유미의 눈길을 따라가 보니, 소은이가 맞았다. 학교는 열흘째 무단결석하고 가출했다는 소은이를 여기서 만나게 될 줄이야. 짧은 머리, 색깔이 바래고 여기저기 구멍이 난 청바지를 입고 몸에 착 달라붙는 겨자색 티셔츠를 입고 있었다.

"헐… 진짜네. 옆에 있는 사람은 누구지? 가출해서는 서울에 올라왔다는 거잖아."

"레알 골 때리네."

"그날 내 립밤과 미스트 없어졌어. 립밤은 선물 받은 거라, 아끼고 아끼는 거였는데."

나는 아까워 죽겠다는 표정을 지으며 유미를 쳐다보았다.

"나는 틴트야. 학교 성적 1등을 탈환한 기념으로 아빠가 백화점에서 사준 입생로랑 틴트인데. 진짜 기분 나빠. 날라리 주제에 여기가 어디라고?

"맞아. 개나 새나."

"돼지나 두꺼비나"

우리는 같이 키득거렸다. 소은이가 들어가는 게 보이더니 이내 사라졌다. 소은이는 학년 초에 친구가 없는 외톨이였다. 중학교 때의 친구들이 다 흩어져 같은 반은 아무도 없다고 했다. 한 달쯤 지났을 때, 소은이는 반 아이들과 친해지고 싶어 초콜릿이나 마이쭈 같은 걸 선물하며 누구에게나 접근했다. 그러나 반 아이들은 받아주지 않았다. 무엇보다 소은이에 대한 평판이 좋지 않았다. 자신의 요구를 들어주지 않는 친구나 마음에 들지 않는 친구에 대해 뒷담화를 한다고 했다. 다른 학교 남학생, 여학생들과 떼 지어 어울리며 컴컴한 골목에 모여 담배를 피운다는 소문도 있었다. 타 지역 중고생들과 같이 밴드를 만들어 코스튬플레이를 하러 다닌다는 얘기도 있었지만 소문이어서 확실하지는 않았다.

어떤 아이들은 소은이를 지랄 발광한다며 멸시했지만, 어떤 아이들은 자유 발랄하다며 부러워 했다. 이도 저도 아닌 아이들은 까면 깔수록 새로운 사실이 드러난다며 '양파'라는 별칭을 붙여놓고 눈

그 애가 여길 어떻게 왔을까

이 맵다고 가까이 가지 않았다.

점심을 빨리 먹는다는 조건에 호기심이 생겼는지, 소은이는 발표회 한 달 전, 난타부에 들어왔다. 점심시간에만 참여할 뿐, 월요일 정기 연습에는 늘 빠졌다. 연습이 잘 될 리가 없었다. 난타부 강사는 발표회에 참여시키지 않으려 했지만, 소은이가 무대에 서고 싶다고 간절히 부탁하여 겨우 허락했다. 자리는 내 옆이었다. 발표회 연주회 때, 소은이가 엉터리로 칠 때마다 소은이 북채가 내 손등을 때렸다. 아얏, 소리도 못 지르고 참으며 끝까지 연주했다. 마치고 나니 내 손등이 빨갛게 부어올랐다. 나는 소은이를 노려보았지만, 왜 그러는지도 모르고 "왜?"라고 도리어 대들었다. 어이가 없었다.

열흘 전이었다. 소은이가 긴 머리를 짧게 자르고 나타났다. 머슴아 같았다. 쌍테를 붙였는지 눈이 깊어 보였다. 수업시간이면 혼자 엎드려 자거나 혼자 구시렁거리는 게 다반사였다. 쉬는 시간에도 혼자 지껄이고 깔깔거리며 웃다가, 누군가 주시를 하면 표독스러운 눈초리로 쏘아보았다.

4교시, 역사 시간이었다. 엎드려 자던 소은이가 바로 앉더니 가방에서 손거울과 파우치를 꺼내 화장을 하기 시작했다. 역사 샘이 "너, 책상이 화장대로 보이니?"라고 하자 소은이는 눈을 치켜뜨고 "무슨 상관이에요?"라며 카랑카랑한 목소리로 말하고는 계속 화장을 했다. 역사 샘은 기가 막힌 표정으로 소은이에게 교실 뒤에 나가서 서 있으라고 했지만, 소은이는 일어나 뒤로 가더니, 복도로 휘나가버렸다. 문이 닫히는 쾅, 소리에 아이들이 놀란 가슴을 쓸어내려야 했다. 복도에서 소은이가 퉁탕거리며 발 굴리는 소리가 교실까지 진동했다. 다른 반 교실 문이 차례로 열리며 샘들이 나와 주의를 주는 소리가 들렸다.

소은이는 점심시간에 사라졌다. 점심을 먹고 교실에 오자, 가방 안과 사물함 안에 있던 책과 학용품들이 마구 헝클어져 있었다. 내가 짜증을 부리자, 옆에 앉은 유미도 그렇다고 했다. 종례시간에 담임이 들어왔다. 중간 정도의 키에 몸매가 마른 담임은 화사한 미소를 짓다가도, 학급의 작은 사건에 예민한 편이었다. 어느 반보다 성적이 우수해야 하고 사건 사고가 없는 모범 반을 만드는 게 자신의 사명이라고 했다. 옷 색상은 샘의 컨디션 바로미터였다. 빨간색 재킷에는 검은 코르사주가 달려 있었고 목과 귀에는 굵은 알의 진주가 반짝이고 있었다. 아이들은 누군가 교실을 엉망으로 만들어놨다고 하소연했고 임소은은 자리에 없었다.

"점심시간에 임소은 급식소 안 갔어?"

이마에 주름을 만들며 묻는 담임의 말에 반장은 소은이를 못 본 것 같다고 했다. 에코백, 교통카드, 지갑, 일제 필기구, 틴트, 립밤, 향수, 방향제, 미스트 등, 아이들의 입에서 줄줄이 도난당한 소지품 목록이 흘러나왔다. 누군가 열어젖힌 것으로 보이는 소은이 사물함은 텅 비어 있었다.

"소은이가 가져갔다고 추정은 할 수 있지. 그렇다고 증거가 없는 이상, 범인으로 단정할 수는 없어. 내일 등교하면 알 수 있겠지. 너무 속상해 말고 중간고사 대비, 공부 열심히 해. 정리들 하고 오늘 마치자."

담임이 굳은 표정으로 교실을 나갔다. 부반장이 교무실로 가서, 우리 반 휴대폰 박스를 들고 왔고 각자 휴대폰을 찾아갔다. 다음 날, 소은이는 생리일이라는 구실로 결석했다. 이틀 후, 조회 시간에 담임이 교실로 들어왔다. 평소 보지 못한 당혹과 심란의 표정이 역력했다. 담임의 귀고리가 심플한 디자인으로 바뀌었고 옷은 진회색 투피스였다.

"소은이가 집을 나가서는 안 돌아온 모양이야."

담임의 목소리가 착 가라앉아 있었다. 담임은 창밖으로 고개를 돌렸다. 아이들은 멘붕이 된 표정으로 웅성거렸다. 담임이 다시 우리를 바라보며 말했다.

"헤세의 데미안을 읽은 아이들은 알겠지만, 거기 보면 이런 글이 나온다. '인간의 일생이란 결국 자신에게로 도달하기 위한 여정이다.' 너희들은 지금 질풍노도의 시기를 통과하는 중이라 자아가 허덕이는 게 당연해. 소은이도 지금 자신과의 싸움을 치열하게 하는 것이라 보면 된다. 곧 혼돈의 시간이 지나면 제자리로 돌아올 거다."

담임의 얘기를 진지하게 듣는 아이는 많지 않았다. 대부분은 문제집이나 영어단어장에 눈을 박고 있었고, 졸음을 이기지 못해 책상에 엎드린 애들도 더러 있었다. 그런 아이들을 비집고 흘러드는 담임 목소리가 애처롭게 들렸다. 무거운 침묵이 담임 목소리의 뒤를 이었다.

"다들 그렇게 알고 혹시 소은이를 보거나 연락이 되는 친구는 신속히 나한테 전화하도록 해."

담임이 뚜벅뚜벅 교실을 나가자 아이들은 그제야 다시 웅성거렸다. "사고 칠 줄 내가 진작 알았어.", "오기만 하면 경찰에 도둑으로 신고할 거야.", "소은이 없어서 어쩐 좀 우리 반이 조용하다 했더니. 나 참." 등의 말이 들렸다. 그런 말을 하더라도 아이들 속마음은 착잡하고 편치 않을 거라는 생각이 들었다. 그때 반장이 앞으로 나왔다.

"얘들아, 소은이 집 아는 사람, 누구 없어?" 아무도 손을 들거나, 말을 하지 않았다. "그럼, 할 수 없고. 어쩜 집 아는 친구도 한 명 없냐. 우리도 반성해야 돼. 소은이를 나쁘게만 생각하고 가까이하지 않았잖아. 아무도 친구가 되어 주지 않았어. 나도 미처 몰랐어. 소은이와 연락이 끊어지고 나니까 비로소 그런 생각이 드네. 소은이 돌아오면 따뜻하게 대해주자. 내가 하고 싶은 말은 그거야."

반장이 말을 끝냈다. "그래 맞아. 우리도 잘한 건 없어.", "아무 일 없이 돌아오면 좋겠어." 반 아이들의 반응이 이어졌다. 반론을 제기하는 아이는 없었다. 제기하고 싶지만 지금은 때가 아니라고 생각하는지도 몰랐다.

소은이는 그 새 좌석을 찾아 앉았는지 보이지 않았다.

"소은이 봤는데, 담임한테 연락해야 하는 것 아냐?"

유미가 걱정스러운 표정으로 말했다.

"서울인데 어떻게… 담임도 어떻게 할 수 없잖아. 월요일 가서 우리가 본대로 얘기하자."

"어디 앉아 있는지 찾아볼까? 어떻게 얘기라도…."

유미가 미련을 못 버리겠는지 이리저리 둘러보며 말했다.

"우리가 얘기한다고 들을 아이면 가출도 안 해, 시장에다 우산에다, 오늘 너무 피곤하다. 이제 콘서트에 집중 좀 하자."

"알았어. 네 말이 맞는 것 같아."

유미가 티켓을 보며 좌석을 두리번거렸다. 우리는 계속 무대 앞쪽으로 걸어가며 좌석을 찾았다. 관중들의 얘기 소리로 실내는 시끌벅적했다. 유미가 "찾았다."라고 소리쳤고 우리는 나란히 앉았다. 무대에서 가까운 좌석이어서 명당이었다.

"너무 좋아. 지나야."

유미가 붉게 상기된 표정으로 날 보며 말했다. 유미의 눈은 물기로 글썽해져 있었다.

"여기까지 오기가 힘들었지, 이제 아무 생각 없이 즐기면 돼."

손에 들고 있던 우산을 앞 좌석에 살짝 기대어 놓고 내가 말했다. 유미가 환하게 웃으며 고개를 끄덕였다.

"이 우산 누구 줄 거야? 집으로 도로 들고 갈 거야?"

"아냐. 조금만 기다려주라. 나도 생각이 있네. 이 친구야."

억지웃음을 지으며 내가 말했다. 표정 관리가 이렇게 힘든 적이 없었을 거다. 유미가 고개를 끄덕였다. 블랙티를 만날 시간이 가까이 다가오자, 가슴이 두근거리고 착잡해졌다. '설마, 이 우산 말고 다른 우산이 있는 건 아니겠지?' 일말의 의심과 호기심이 스쳐 갔다. 나는 이내 고개를 가로저었다. '블랙티의 사정은 알 수 없으니, 내 생각만 하자. 내 마음이 찜찜한 게 문제야. 사실은 언젠가 치러야 할 의식이었고 작년에 이미 돌려주었어야 했어. 이제 맞닥뜨려야 돼. 그래야 블랙티와 나의 이별이 완성되는 거야.' 나는 마음을 다잡으며 입술을 꼭 다물었다.

그 애가 여길 어떻게 왔을까

내 안의 타임캡슐

무대에서 AP레인의 노래가 조용히 흘러나왔다. '레인보우'였다. 리허설을 하는 동안, 들리는 음악이었다. 유미가 음악에 맞추어 노래를 따라 불렀다.

"내가 우산을 씌어줄게. 네 손을 내밀어 봐. 우리 다시 그림을 그리자."

"너는 안 불러?"

유미가 날 바라보았다. 나도 모르게 눈물이 흘러내렸다.

"너, 왜 그래? 아까는 잘 부르더니."

유미가 눈을 휘둥그레 뜨고 물었다. 나는 에코백에서 티슈를 꺼내 눈물을 훔쳤다. 거울을 보며 틴트를 덧바르고 머리도 매만졌다.

"나… 나중에 얘기할게. 콘서트 끝나고…."

"대체 뭐야? 나 진짜 화나려고 그런다."

유미가 투덜대며 팽, 얼굴을 돌렸다. 한동안 침묵이 흘렀다. 각자 생각에 빠져 있었고 그 생각을 AP레인의 음악이 파도처럼 넘나들었다. 유미를 탓할 생각은 없었다. 지금까지 어떻게 그 사실을 절친인 유미에게도 털어놓지 않았는지 모르겠다. 내가 입을 떼는 순간, 그 이야기가 소문이 되어 어떤 방식으로든 퍼질지 모른다는 생각이 들자 두려움이 생겼다. 언젠가 진실이 밝혀질 때가 있을 거라고 스스로를 다독이며 타임캡슐에 묻기로 했다.

시간이 되자, 음악이 멈추고 무대에 현란한 색의 조명이 켜졌다. 대형화면에서 무대를 비춰주었다. 관중석에서 박수와 환호가 쏟아졌다. AP레인 가수들이 차례로 모습을 드러내자, 관중석에서 가수들 이름을 연호했다.

"이승민, 강현호, 나준엽, 김선교, 성주혁, 윤지완."

실내는 후끈하게 달아올랐다. 나는 대형화면을 보며 두근거리는 심장에 손을 갖다 대었다. 윤지완이 나타나자, 심장이 쫀득거려 숨을 쉴 수가 없었다. 노랗게 염색한 머리에 흰색의 반팔 셔츠를 입었고 알록달록한 넥타이를 느슨히 맨 채 체크 무늬의 반바지 차림이었다. 유미는 환호인지, 비명인지 연신 '윤지완'을 질러대며 몸을 쉴 새 없이 흔들었다. AP레인의 노래 세 곡이 이어지는 동안, 때로는 숨죽였다가 때로는 환호로 들뜨며 나와 유미는 그 안으로 녹아들었다. 지금 내가 꿈을 꾸는 게 아닐까, 하는 생각이 드는 순간, 유미가 내 손을 꼭 잡으며, "나, 지금 롤러코스터 타는 기분이야."라고 말했다. 유미도 넋 나간 표정이었다. 나는 꿈이라서 차라리 깨어나지 않기를 바랐다.

 다음은 윤지완의 솔로 무대였다. 윤지완은 가창력이 탁월해, 그룹에서 리드보컬을 맡고 있었고 덕분에 솔로 곡이 따로 있었다. 노래를 부르기 전 윤지완은 마이크를 쥐고 고개를 숙여 잠시 숙연하게 있더니 고개를 들어 관중석을 바라보았다.

 "나에게는 소중한 우산이 있었어요. 그 우산은 엄마가 돌아가시면서 나에게 남긴 유품이었죠. 그 우산은 지금 안타깝게도 나에게 없어요. 어디엔가 잘 있겠죠. 그 얘기를 담은 '레인보우' 들려드릴게요."

 우산이 없다는 윤지완의 말에 관중석에서 아쉬움의 한숨 소리가 새어 나왔다. 내 몸이 석고처럼 딱딱하게 굳는 느낌이었다. 엄마의 유품이라는 말이 나오자, 나는 휴 하고 한숨을 내뱉었다. 가사에 나오는 우산이 바로 윤지완이 나에게 맡긴 이 우산이라는 게 비로소 확인된 것이다. 심장이 부풀어 올라 터질 것 같았다. 한편으로, 우산을 돌려주지 못한 실수가 뾰족한 송곳이 되어 온몸을 파고들었다. 조금만 주의를 기울였다면 윤지완이 무대 앞에서 당당할 수 있었을 텐데…. 서울 기획사로 우산을 진작 보내주지 못한 건 내 잘못이었다. 나는 그저, 윤지완이 갖고 있을 내 이미지에 신경을 썼다. 더구나 인사조차 없이 떠난 그를 원망하며 버거운 나날을 보낸 것이다. 옆에 있는 유미도 "어머, 어떡해. 말도 안 돼." 하며 발을 동동 구르더니 앞에 세워놓은 우산에 눈길을 주었다. 그러고는 다시 나를 쳐다보더니, "설마? 아냐 그럴 리 없어."라고 말하고는 무대에 다시 시선을 꽂았다.

윤지완의 고즈넉한 노래가 흘러나오자, 박수가 쏟아졌고, 관중들은 응원봉을 꺼내 들었다. 나도 응원봉을 꺼냈다. 응원봉 스위치를 켜자, 파란색 조명이 흘러나왔다. 윤지완은 특유의 촉촉한 목소리로 '레인보우'를 불렀다. 뒤쪽에 있는 관중석에서 약간의 흐느낌이 새어 나오는가 싶더니 떼창으로 부르기 시작했다.

"네 눈에 서린 어두운 그림자가 나 때문인 줄 몰랐어. 너의 끈 풀린 운동화가 나 때문인 줄 몰랐어. 네 눈에 흐르는 눈물이 나 때문인 줄 몰랐어. 너의 쓸쓸한 뒷모습이 나 때문인 줄 몰랐어. 내가 우산을 씌어줄게. 네 손을 내밀어 봐. 우리 다시 그림을 그리자. 난 네 마음속에 아름다운 그림으로 남을 테야. 내가 우산을 씌어줄게."

나는 흥분을 애써 가라앉히며 윤지완의 모습을 두 눈에 담았고 유미는 노래를 부르다 말다 하며 폰으로 사진을 찍기에 바빴다. 다음에는 AP레인의 히트곡들이 다시 이어졌다. 관중석에서 울려 퍼지는 떼창, 번쩍거리는 응원봉, 쿵쾅거리는 음악 소리, AP레인의 노래와 군무가 그야말로 한 덩어리의 빛과 소리로 흐르고 있었다. 무대에 선 윤지완이 이 년 전의 블랙티 모습으로 서서히 변해갔다.

'블랙티'는 윤지완이 교회에 올 때마다 검은 옷을 입고 오는 데서 붙여진 별칭이었다. 나는 중학교에 입학하면서 처음 교회에 나갔다. 블랙티는 중학교 2학년이었는데 희고 갸름한 얼굴, 석고 같은

이목구비, 맑은 눈동자에 나는 그만 필이 꽂혔다. 특히 비 오는 날, 음울하고 사색에 깃든 표정은 내 심장을 적시는 느낌이었다. 학생 찬양대에서 독창 파트는 블랙티가 자주 불렸는데 고음처리가 유연하고 목소리가 부드러웠다. 그때였을 것이다. 블랙티가 내 마음 깊숙이 들어와 꽂힌 것은. 일 년이 다 가도록 나는 블랙티에게 선뜻 다가가지 못했다. 그저 마주치면 미소만 지을 뿐이었고 블랙티도 나를 보고 훗, 웃어주었다. 그뿐이었지만 일요일이 기다려졌다. 일요일 아침에도 늦잠 자지 않고 일어나 옷을 챙기고, 머리를 감아 고대기로 감아올려 멋을 부렸다. 교복이 있어 사복이 많이 필요 없었지만, 용돈을 아껴 가끔 친구와 시내로 가서 옷을 샀다.

겨울방학이 되어 수련회가 열렸다. 바다가 내려다보이는 언덕에 있는 수련관이어서 마음까지 탁 트이는 느낌이었다. 조를 짰는데 우연히 블랙티와 같은 조가 되었다. 날아갈 듯 기뻤지만 표정 관리에 신경을 썼다. 식당에 갈 때도 조별로 움직이고, 찬양 연습도 조별로 같이 했다. 블랙티 옆이라 최선을 다해 열심히 노래를 불렀다. 노래연습이 끝났을 때, 블랙티가 나를 물끄러미 바라보며 말했다.

"지나, 보기보다 노래 잘 부르는데? 어, 네 운동화 끈 풀렸네."

운동화 끈이 풀린 줄도 모르고 노래에만 열중했나 싶어 좀 부끄러웠다. 서름하게 서 있던 나 대신 블랙티가 엎드려 운동화 끈을 묶었다.

"블랙티 오빠, 고마워. 신경 써야겠네."

운동화 끈은 번번이 잘 풀렸고, 수련회 내내 블랙티는 씨익 웃으며 묶어주었다.

"야, 너 왜 이리 칠칠치 못하냐? 하긴 자주 빨면 잘 풀어지기도 하더라고."

"그러네. 다음에는 찍찍이 운동화 살까 봐. 신경 쓰여서."

2박 3일의 수련회를 마치고 돌아갈 무렵, 우리는 전화번호를 주고받았다. 페이스북 메시지가 가끔 오갔고 교회에서도 손을 흔들어주거나 곧잘 얘기를 나누었다. 어쩌면 나는 아빠의 빈자리를 블랙티를 통해 찾으려고 했을까. 그때는 몰랐지만 지금 돌아보면 그런 생각이 들기도 한다.

페이스북 메시지를 주고받은 후, 한 달쯤 흘렀을 때였다.

– 너, 운동화 끈도 못 매는 것 보니, 내가 계속 챙겨줘야겠더라.
    우리, 사귈래?

나는 화들짝 몸을 움찔거리며 메시지를 뚫어지라 쳐다보았다. 꿈인가 싶어 내 손등을 꼬집었지만 실제 상황이었다. 심장이 너무 쿵쿵거려 답도 보내지 못했다. 얼굴이 붉게 달아오르는 느낌에 두 손으로 양 볼을 쓰다듬었다. 마음이 설레어 고민만 하다 그날 하루가 다 가버렸다.

일요일에 예배를 마치고 교회 문을 나서는데, 블랙티가 나를 불렀다. 뒤돌아보니 블랙티가 심각한 표정으로 나를 보고 있었다.

"너, 왜 답장 안 하냐?"

나는 고개를 약간 숙여 시간을 끌었다. 솔직히 뭐라고 말해야 좋을지를 몰랐다. 운동화 뒤꿈치로 땅바닥을 콕콕 치다 뭐라고 말을 해야 할 것 같아 고개를 들고 블랙티를 바라보았다.

"미안해. 그날 정신이 좀 없어서… 오빠만 좋다면 뭐… 그렇게 할게."

나는 재빨리 말하고는 눈을 아래로 내리떴다. 귓불에서 열기가 모이는 느낌이었다.

"정말이지? 그 말 진심이지?"

블랙티가 내 앞을 가로막고 나를 뚫어지라 보며 물었다. 나는 씨익 웃으며 고개를 끄덕였다. 블랙티가 손을 내밀었고, 나는 그의 손을 잡았다. 손에서 불꽃이 일어나는 것 같았고 기분이 묘했다. 마치 내 몸이 어딘가로 붕 뜨는 느낌이었다. 블랙티가 물끄러미 날 쳐다보았고 나도 블랙티의 얼굴을 바라보았다. 그의 눈동자 안에 내 모습이 박혀 있었고, 그 시간이 그대로 정지되어 버린 듯했다. 우리는 한동안 함께 걸어가다 각자의 집으로 갔다.

4월이 되어 블랙티 생일이 다가오자, 텀블러와 검은색 티셔츠를 사서 직접 꾸민 카드와 함께 선물했다. 교회를 마치고 근처에서 토스트를 함께 먹고 난 자리였다. 블랙티는 당황하면서도 좋아하는 기색을 숨기지 못했다. "지나, 고마워. 친구한테 선물 받는 것 처음인데…." 하고 말하며 수줍어했다. 우리는 가끔 영화를 보러 가기도 했다. 얼마 후, 블랙티도 나에게 선물을 주었다. 아빠와 서울 삼촌과 대만을 다녀왔는데 선물을 파는 상점에서 내 생각이 났다고 했다.

포장을 뜯어보니 립밤과 조그만 곰 인형이 들어 있었다. 나는 너무 좋아서 립밤과 인형을 꼭 안고 입을 맞추었다. 인형은 책상 구석에 세워놓았고 립밤은 필통에 잘 보관하여 아껴서 썼다. 자주 쓰는 립밤은 편의점에서 따로 구입했고, 블랙티가 준 것은 자주 쓰지 않았다. 말하자면, 부적 같은 것이었다. 블랙티와 사귄 지 100일째 되는 날이 되었을 때 우리는 이미테이션 은색 반지를 사서 각자의 손가락에 끼었다. 반지 낀 우리 손을 나란히 맞붙여 사진 찍고, 우리 얼굴도 셀카로 찍었다.

그날은 예배를 마친 후에 갑자기 비가 왔다. 나는 우산이 없었고 블랙티는 우산을 챙겨 왔다. 집으로 가며 함께 우산을 쓰고 걸어가다 블랙티가 공원으로 가서 산책을 좀 하자고 했다. 우리는 공원 가운데에 있는 넓은 잔디밭 둘레를 천천히 걸어 다녔다. 우산을 쓴 산책객들이 간간이 지나다닐 뿐, 공원은 한산했다. 연못에서 색색의 잉어들이 노니는 걸 다리에서 내려다봤다. 비가 점점 세차게 내려 우산에서 떨어진 빗물이 내 옷을 적시기도 했다.

"안 되겠어, 저기 카페에 들어갈까?"

"그래."

조금 걸어가니, 카페가 나왔다.

블랙티가 우산을 접어 물기를 털어내고 탁자 구석에 세워놓았다. 연두색 우산에는 하얀 아치형 다리가 그려져 있었다.

"우산이 멋져 보이는데. 그거 오빠 꺼야?"

"응. 내 것이기도 하고 엄마… 음, 사실은 엄마 유품이야."

블랙티의 표정이 살짝 어두워졌다.

"유… 뭐라고?"

"돌아가신 분이 생전에 썼던 물건을 유품이라 하잖아."

나는 심장이 덜컥 내려앉았다. 괜히 말을 꺼냈나 싶어 미안하고 마음이 아팠다. 우리 반에도 엄마나 아빠가 돌아가셔서 안 계신 친구들이 있다. 한 분이라도 안 계시면, 뼛속 깊이 새겨진 그 상실감과 허전함은 남이 상상하기 어려울 것이다. 블랙티에게 손을 내밀어 잡고 싶었지만 마음 뿐, 용기가 나지 않았다.

"오빠…!"

나는 울컥해서 오빠를 부르고는 말을 잇지 못했다. 우리는 바나나 라테를 한 잔씩 시켰다.

"와, 맛있겠다. 오빠, 어서 마셔."

나는 분위기를 바꾸려고 애써 밝은 목소리로 말했다. 블랙티와 나는 한동안 침묵을 지켰다. 그는 창밖으로 비 내리는 풍경을 한동안 바라보더니, 나에게로 고개를 돌렸다.

"지나 넌, 엄마와 우산 같이 쓰고 간 적 많지?"

"그렇지. 초등학교 때까지는 비 오는 날 같이 쓰고 다닌 것 같아. 찻길 지나갈 때는 좀 위험하기도 하니까."

"엄마는 나한테 우산을 씌워주지 못한 걸 매우 안타까워하셨어. 사실은… 엄마가 눈이 점점 멀어지셨거든. 비 오는 날은 물론이고 보통 때도 같이 외출하기가 어려웠어. 이런 날이 되면 엄마 생각이 많이 나."

블랙티 목소리가 습기에 젖은 듯 촉촉했다. 블랙티는 무연히 창밖으로 시선을 던졌다. 나뭇가지들이 바람에 따라 춤을 추었다. 블랙티 얘기에 나도 무람해져 가만히 창밖만 바라보았다. 무슨 말을 해야 할지 떠오르지 않았다.

"… 그랬구나. 블랙티 오빠! 이제 나랑 같이 우산 쓰고 다니자. 내가 우산을 받쳐줄게. 오빠가 내 운동화 끈을 매어주니까."

나는 말을 마치고 훗, 웃었다. 블랙티도 고개를 끄덕이며 미소를 지었다.

"초등학교 때, 갑자기 비가 오면, 학교에서 집에 갈 때 비를 맞기도 했지. 나중에 엄마는 건강이 안 좋아져서 병원의 입원과 퇴원을 반복했거든. 자꾸 몸무게가 줄어 점점 야위어가셨어. 눈도 점점 멀어져 앞이 잘 안 보이고, 집안일은 아빠가 도맡아야 했어. 하루는 낮에 갑자기 비가 왔는데 어떻게 왔는지 엄마가 우산을 들고 학교 교문에서 기다리셨어. 나는 엄마를 보는 순간, 깜짝 놀라서 뛰어가 와락 품에 안겼어. 나는 엄마에게 꼭 안긴 채로 우산을 같이 쓰고 집에 왔지. 집으로 가면서 엄마는 나한테 그러셨어. 나랑 같이 우산을 쓰고 함께 이렇게 걸어가고 싶었다고. 우산을 함께 쓴다는 건, 두 사람 사이에 따뜻한 마음이 흐르기 때문이라고. 나보고도 꼭 그렇게 하라고 말씀하셨어. '오늘을 꼭 기억해라, 지완아.'라고 기운이 다 떨어진 목소리로 얘기하셨지. 그런데 집에 도착하자 엄마는 그만 쓰러지셨어."

"세상에… 그래서 다시 병원으로…?"

"입원 후, 한 달 후에 돌아가셨지. 그 우산이 나에게 엄마를 기억하는 마지막 유품이 된 거야. 그래서 나는 이걸 잘 간직하기로 마음먹었거든."

블랙티가 울먹이는 목소리로 얘기를 했다. 블랙티 엄마의 슬픈 사연이 마음을 울렸다. 나는 고개를 숙여 빈 잔을 만지작거렸다.

"오빠 얘기 너무 마음 아프네. 그래서 늘 검은 옷을….'"

"맞아. 조의라고 할 수 있지. 교회에서 간절히 기도하면 편안하게 계실 것 같아서."

나는 언젠가 블랙티가 밝은색의 옷을 입게 될 날이 있을 거라고 생각했다. 슬픔에서 벗어나 환하게 웃는 그가 보고 싶었다.

"오빠, 힘내. 오빠가 이루고 싶은 꿈도 꼭 이루어질 거야."

"내 꿈은 가수야. 엄마는 내가 가수가 되기를 바라셨거든."

블랙티가 씩 웃으며 말했다. 표정이 한결 밝아 보였다.

"멋진 꿈이네. 오빠의 꿈이 이루어지도록 나도 기도할게."

"고마워. 내가 가수가 되면, 지나를 꼭 초대할 거야. 내가 잘 보이는 자리에 앉아서 날 응원해줘."

"그래. 최고의 명당자리, 꼭 비워 놔야 해. 오빠의 최고 팬이 될 거야. 그때도 우리… 친구 하는 거지?"

"이 오빠를 못 믿어? 나는 지나가 편해. 옆에 있으면 어떤 얘기든 털어놓고 싶어지거든. 함께 있으면 외로움이 사라지는 것도 같고. 항상 내 옆에 있어 줄 거지?"

블랙티 얘기에 눈시울이 아릿해졌다. 나는 목이 뻣뻣해 와서 아무 말도 못 하고 고개만 끄덕였다.

"고마워. 엄마 얘기, 지나한테 처음 털어놓았네. 내 얘기를 잘 들어줄 것 같았어. 비밀 지켜줘야 돼. 나는 우리 엄마 얘기 알려지는 것 싫거든."

"얘기해줘서 고마워. 아무한테도 얘기 안 할게."

블랙티는 내 말에 미소를 지었다. 비밀을 공유한 것만으로 나는 블랙티에게 소중한 사람이 된 것 같아 뿌듯했다.

우리는 자리에서 일어났다. 밖으로 나오자, 물기를 머금은 나무들이 싱그러운 향기를 뿜어내고 있는 듯했다. 비도 오는 둥 마는 둥 안개비로 변해 있었다. 우산을 쓰고 공원을 걸어 나와 천천히 걸었다. 블랙티가 호주머니에 손을 넣더니, 폰이 없다고 했다.

"교회에 가 봐야 할 것 같아. 우산은 지나가 쓰고 가. 다음에 받으면 돼."

내가 괜찮다고 말할 새도 없이 블랙티는 손을 흔들어 보이며 교회로 뛰어갔다.

"뭐해? 눈까지 감고 조냐? 열심히 봐두라. 나중에 후회하지 말고."

유미가 한쪽 팔로 내 옆구리를 툭, 치며 말했다. 나는 화들짝 눈을 떴다. 무대에 선 화려한 윤지완의 모습이 보였다. 그는 예전의 블랙티가 아니었다. 내가 더 초라해지는 느낌이 들면서 어디론가 숨고 싶었다. 나에 대한 이미지를 바꾸려고 올라왔지만, 한편으로 서운함이 빈 가슴에 스며들었다. 멋진 백마에 올라탄 왕자를 보는 순간, 애틋한 이별 인사보다는 백마에 함께 올라타고 싶은 마음이 드는 것이다. 나는 이내 고개를 가로저었다. 윤지완에게는 내가 기웃대어선 안 될, 고고하고 엄숙한 그만의 세계가 있을 거였다. 다만, 그의 마음속 내 이미지가 맑고 깨끗하면 되는 것이다. 상대의 마음속에 아름다운 그림으로 남고 싶다는 그 가사처럼 말이다. 나 역시 우리의 그림을 '흐림'에서 '맑음'으로 바꾸고 싶으니까.

콘서트가 모두 끝났다. 유미와 나는 마주 보았다. 유미의 눈에 눈물이 그렁그렁 매달려 있었다. 유미는 언제 성질을 부렸냐는 듯, 환한 표정으로 웃었다.

"이런 경험, 처음이야. 이 순간부터 새로운 유미가 탄생할 것 같아. 윤지완이랑 내가 영혼의 교감을 했거든. 잘 들어봐. 내 심장에서 아직도 둥둥거리는 소리 들리지?"

유미가 나에게 몸을 불쑥 가까이 내밀며 약간 쉰 목소리로 말했다.

"잠깐. 너에게 할 얘기 있어. 놀라지 마."

"말해. 괜찮아. 뭔데?"

유미가 여전히 꿈에서 깨어나지 않은 표정으로 물었다.

"이 우산 주인 말이야. 사실은… 윤지완이야."

"뭐라고? 네 구라에 넘어갈 내가 아니지. 거짓말도 좀 가려서 해라. 윤지완 들먹이지 말고. 나 참."

그제야 현실감 있는 표정으로 돌아온 유미가 코웃음 치듯 말하고는 나에게 눈을 흘겼다.

"내가 거짓말하는 것 봤어? 윤지완이 부산에 살았다는 것 알지? 같은 교회 다니다 알게 된 거야. 아이돌 가수 상대로 뻥 칠 만큼 내 간이 크지도 못하잖아. 윤지완 우산이라서 여기까지 들고 온 거라고."

나는 진지하게 언성을 높여 얘기했다. 유미는 입을 딱 벌리고 눈을 치켜떴다. 입술이 바르르 떨고 있었다.

"네가 안 믿을 것 같아서 미리 말 못 했어. 그건 미안해. 지금 대기실로 빨리 가서 윤지완 만나야 돼. 시간이 없어."

"그래? 이 우산이? 믿을 수… 없어. 지나가 윤지완 우산을 갖고 있었다니? 안 돼. 이거 내가 갖고 있을래. 내가 직접 전해주고 싶어."

유미가 얼이 빠져 눈만 끔벅거리더니, 우산을 가져가 자신의 품에 꼬옥 껴안았다. 나는 할 말을 잃은 채 가만히 유미를 바라보았다.

"이게 윤지완 손때 묻은 그 우산이란 말이지. 세상에…. 너, 혹시 지완 오빠랑 사귀었던 거니?"

여전히 믿을 수 없다는 표정으로 유미가 우산을 어루만지며 물었다.

"뭐, 말하자면…. 나중에 내가 설명할게. 유미야."

유미의 눈이 휘둥그레지며 입을 딱 벌렸다. 유미의 얼굴에 있던 빛이 순식간에 빠져나가고 그 자리에 회색 그림자가 일렁이는 것 같았다. 나 역시 망연히 유미 얼굴을 골똘히 바라보았다. 유미와 나는 서로의 눈동자에서 눈을 떼지 못한 채 한참 머뭇거렸다. 둘 다 윤지완을 양보하지 않겠다는 기 싸움이었다. 관중석 사람들이 일어나 출입구로 빠져나가고 있었다. 어떤 팬들은 여운을 떨치기 어려운 듯, 객석에 그대로 앉아 있기도 했다. 정신이 퍼뜩 든 나는 유미의 손을 잡고 공연장을 빠져나왔다. 손바닥은 땀으로 미끈거렸지만 같이 무대를 지켜본 동지로서의 끈적끈적한 땀이었다. 유미는 미심쩍은 표정을 지으면서도 우산을 든 채 내 뒤를 따라 왔다. 우리는 대기실이라고 적힌 문으로 가서 살며시 열어보았다. 양복을 입은 어떤 남자가 나와 누구를 찾느냐고 물었다.

"AP레인 윤지완 오빠요. 잠깐이면 돼요. 이 우산 주려구요."

유미가 다급하게 우산을 들어 보이며 말을 꺼냈다.

"이게 '레인보우' 노래에 나오는 그 우산이라구요⋯. 부산의 성지나라고 하면 알아요."

나는 심장이 너무 울렁거려 되는대로 말을 쏟아냈다.

"AP레인은 벌써 다른 데로 이동했는데. 그리고 그 우산이라며 가져온 학생이 지금 몇 번째인지 알아?"

"네?"

"자그마치 스물여덟 번째야."

"그래서요?"

"학생이라면 그 얘길 믿겠어?"

"내가 거짓말한다는 거예요?"

"아니 뭐⋯."

"내 눈을 자세히 보세요. 거짓말 아니에요."

나는 씩씩거렸다.

"아저씨, 얘는 거짓말 못 해요. 이 우산이 진짜면 어떻게 할 건데요?"

유미가 정색을 하고 한 몫 거들었다.

"아니, 내가 지금 갈피를 못 잡아서 묻는 거야. 어떻게 해야 할까 하고."

"그럼, 소속사 연락처라도 주세요."

유미가 단호하게 말했다. 남자는 머리를 긁적이며 들어가더니, 메모지를 하나 가져와 주었다. YOU 엔터테인먼트라는 글자와 02로 시작하는 전화번호가 적혀 있었다. 우리는 번호가 적힌 종이를 받고 걸어 나갔다. 나는 아무래도 억울한 생각이 들었다. 유미더러 잠시 기다리라고 하고 다시 대기실 쪽으로 가서 문을 열었다.

"다, 사실이거든요. 사실로 밝혀지면 사과해야 될 거예요. 아셨죠?"

"오케이. 그때는 내가 사과할게. 사과하고말고. 하하."

인사를 하고 다시 나왔다. 맥이 빠져 근처 로비 의자에 털썩 주저앉으니, 유미도 옆에 앉았다. 산 넘어 산, 강 건너 강이었다. 어렵게 티켓팅 해서 겨우 콘서트 관람하고 윤지완 곁에 다가갔는데, 얘기 한 번 나눠보지도 못하고 돌아갈 처지에 놓인 것이다. 공연 전에 소속사에 미리 연락하지 못한 게 실수였다. 소속사 연락처는 알아보면 찾을 수 있었을 것이다. 윤지완을 만나려면 어떻게 해야 하는지 도무지 갈피를 잡을 수 없었다.

"어쩜, 저분은 윤지완 우산도 하나 못 알아볼까. 부산에서 들고

내 안의 타임캡슐

온다고 우리가 얼마나 고생했냐. 지나 속상하지?"

유미가 화가 가시지 않은 목소리로 말하며 내 어깨를 감싸 안았다.

"그러게. 너무 지쳐서 이제 말도 안 나오네. 여기까지 와서 그냥 돌아갈 수는 없어. 나 꼭 오빠 만나서 할 얘기가 있거든. 이 우산도 전해야 하고."

"할 얘기? 그게 대체 뭔데? 아직도 얘기 다 못한 게 있어?"

유미가 울 것 같은 표정으로 말했지만 정작 울음이 터진 건 내쪽이었다. 그동안 억누르고 참았던 시한폭탄이 터져버린 것이다. 나는 어깨를 들썩였고 놀란 유미가 내 등을 토닥여주었다. 유미가 건넨 티슈로 눈물을 훔치고 입술을 깨물며 겨우 진정을 했다. 나는 우산 손잡이를 어루만졌다. 여전히 따뜻했다. 이 우산은 왜 이토록 우여곡절을 많이 겪는 걸까. 지금은 늦었고 내일은 어떻게든 만나야 한다. 나에게도 매니저가 있어서 이 어려운 미션을 직접 풀어주면 얼마나 좋을까 하는 생각이 들었다. 무지개를 보려면 소나기가 내려야 하듯이, 윤지완을 만나기 위해서는 어떤 험난한 길이라도 걸어야 하지 않을까. 심호흡을 몇 번 하고 나자, 마음이 좀 편안해졌다.

"지나야, 이럴 줄 알았으면 차라리 공연 중에 일어나 우산을 번쩍 치켜드는 건데 말이야. 그랬다면 우리 성지나는 즉석에서 유명인물로 등극하는 거지. 윤지완의 여자 친구로 말이야. 그럼, 나도 덩달아… 아, 아쉽다."

"장난해? 그건 절대 말도 안 돼."

"그러니 우리가 이런 고생 하는 거잖아. 천사표 성지나 때문에."

"미안해, 유미야. 괜히 너까지…. 이모 집에서 천천히 얘기해줄게. 내일은 어떻게든 해결이 될 거야."

"그래. 너를 믿을게. 유명 아이돌 가수를 오빠로 둔 친구가 있어 가슴이 설렌다. 됐냐?"

유미의 표정에는 어느새 장난기 어린 웃음기가 배어 나왔다. 내 말을 진정으로 받아들인다는 마음이 얼비쳐서 마음이 편해졌다. 우리는 일어나 천천히 스카이돔을 빠져나왔다. 그 많던 관중들과 아이돌 가수의 열기가 빠진 스카이돔은 어둠이 내려앉아 조금씩 적막해지고 있었다. 여운을 떨치기 싫은 팬들이 군데군데 모여 웅성거리는 소리가 들렸다. 빛나는 태양이 스러진 후의 노을과 아이돌의 찬란한 공연이 끝난 후의 여운이 어쩌면 닮은 것처럼 보였다. 공연을 마친 아이돌의 심정은 어떨까? 지금쯤 뒤풀이로 그 열기를 식히고 있을까. 윤지완은 어떤 심정일까. 나는 윤지완이 가수로 승승장구하기를 속으로 빌었다.

공연장 앞에서 우리는 교통편을 두고 망설였다. 몸이 너무 피곤하여 택시를 타고 싶었던 것이다. 아침부터 나와 시장을 돌아다녔고 우산을 찾아 우왕좌왕, 콘서트를 보며 에너지를 소진, 정말 피곤하고 벅찬 하루였다. 몸이 기진맥진해서 어디라도 기대지 않으면 당장이라도 쓰러질 것 같았다.

두 번째 밤

이모 집에 도착했다. 시계를 보니 밤 아홉 시 반이 되어 있었다. 혜숙 언니와 이모가 거실에 앉아 TV 뉴스를 보고 있었고 테이블 위에는 커피와 쿠키가 놓여 있었다.

"너희들 오는구나? 걱정했어. 밤길에 초행이라."

이모가 활짝 웃으며 말했다.

"애들이 똑똑하잖아, 엄마. 너희들 손 씻고 와서 쿠키 먹어. 배고프지? 언니가 치킨 시켜줄게."

혜숙 언니가 우리 쪽으로 눈길을 주며 말했다. 나는 유미랑 마주보며 하이파이브를 했다. 방으로 들어가 편한 옷으로 갈아입은 다음 손을 씻고 와서 앉았다. 혜숙 언니가 전화를 걸어 시크릿 양념치킨 한 마리와 순살 바삭칸 치킨 한 마리를 시켰다.

"얘는, 뭘 그리 많이 시켜? 달랑 네 사람인데."

이모가 혜숙 언니를 보며 나무라듯 말했다.

"얘들 배고플 거야. 내가 미안해서 그래, 엄마."

"언니, 괜찮은데요. 덕분에 서울 구경도 잘했구요."

내가 언니를 쳐다보며 말했다. 언니가 미소를 띠며 고개를 끄덕끄덕했다. 유미를 힐긋 보니, 졸리는 눈으로 쿠키를 아작아작 먹고 있었다.

"AP레인 공연은 좋았어? 참, 우산 전해준다더니 어떻게 된 거야?"

혜숙 언니가 현관 우산꽂이 쪽으로 눈길을 주며 말했다.

"그게요…."

나는 얘기할 기운이 없어, 한숨만 푸욱 내쉬었다.

"언니, 놀라지 마세요. 윤지완이 부르는 '레인보우' 있잖아요. 지나가 들고 있는 우산이 그 주인공이래요. 진짜 신기하죠? 지나가 윤지완한테 주려고 들고 온 거예요."

유미가 졸음이 확 달아났는지 눈을 동그랗게 뜨고 말했다.

"뭐? 세상에…, 윤지완 가수가 부산에서 온 가수라는 건 알았는데 지나와 알고 지낸 사이라는 거야?"

그때, 초인종 소리가 났고 치킨 두 마리가 왔다. 혜숙 언니가 지갑을 들고 나갔다. 현관문이 열리자, 치킨 배달 기사가 서 있었다.

"아저씨, 이 우산 있잖아요. AP레인의 노래에 나오는 그 우산이래요. 믿어지지 않죠."

혜숙 언니가 우리를 힐긋 보며 배달 기사에게 말했다.

"그래요? 한번 만져 봐도 돼요?"

"네. 그러세요. 이런 순간은 다시 안 온답니다."

"아이돌 우산을 직접 보다니, 이 집이 유명한 집인가 보죠. 안녕히 계세요."

배달 기사는 한번 쓰윽 만져보고 나갔다. 현관이 닫히고 우리는 치킨을 가운데 놓고 붙어 앉았다. 유미와 나는 배가 꼬르륵거려 허겁지겁 치킨을 먹었다. 연거푸 세 조각을 먹고 나서야 조금 기운이 차려졌다. 혜숙 언니는 퍼즐이 잘 안 맞춰진다는 표정으로 내 얼굴을 한 번씩 흘깃거리며 콜라를 홀짝거리고 있었다. 이모는 치킨 두 조각을 먹고는 쉬겠다며 안방으로 들어갔다.

"지나 너, 혹시 윤지완 가수랑 사귀었니?"

사촌 언니의 질문에 나는 머뭇거렸다. 내가 내뱉은 한 마디가 어떤 소문을 만들어낼지 모르는 것이다.

"그냥… 교회 오빠여서 알고 지냈어요. 오빠가 오디션 합격해서 급하게 서울 올라가는 바람에 헤어졌구요. 그 전에 비 오는 날 같이 우산을 쓰고 가다 우산을 내가 갖고 간 거예요. 오늘 마치고 만나려 했는데 그룹이 일찍 가버렸고… 내일 소속사로 연락 취해 보려구요. 그뿐이에요."

혜숙 언니가 나를 보며 고개를 끄덕거렸다. 표정 사이로 뭔가 숨어 있는 기미를 찾으려는 듯한 눈빛이 보였다. 밖에 비가 오는지, 낙숫물이 후드득거리는 소리가 났다. 나는 유미와 마주 보았다. '비 오는 밤에 치킨을 먹으며 윤지완 우산 애기를 하고 있다니…' 우리 눈빛은 암묵적으로 그걸 말하고 있었다.

"빗소리 들려요."

나는 베란다 쪽을 일별하며 말했다.

"나, 비 오는 밤, 좋아하는데…."

언니는 폰을 열더니, 글자를 부지런히 찍었다. 잠시 후에 카톡, 소리가 연발하며 울렸다. 언니 표정은 비를 살포시 머금은 연꽃처럼 화사해 보였다.

"언니, 그 연극에서 우산은 어떤 용도로 쓰이는 거죠?"

언니가 폰을 덮어 한쪽에 내려놓자, 내가 물었다.

"'태양을 부르는 우산'이라는 제목의 연극이야. 한 여자가 백혈병으로 투병하는데 사랑하는 남자는 회사에 사표를 쓰고 함께 남은 시간을 보내는 거지. 여자가 가고 싶어 하는 곳에 여행도 다니면서. 서해안에 함께 갔는데 비가 내려. 남자가 우산을 받쳐주며 백사장을 거니는데 여자가 남자 품에서 숨을 거두는 게 마지막 장면이야. 대충의 스토리는 그 정도고."

"우산이 나오는 얘기는 슬픈 얘기밖에 없네요."

유미가 애잔한 목소리로 말했다. 그 얘기 탓인지 분위기가 잠시 숙연해졌다. 침묵이 흘렀고 창을 두드리는 빗소리만 지나가는 듯했다. 윤지완도 어디선가 빗소리를 듣고 있을 테지. 유미도 나도, 혜숙 언니도 더 이상 치킨에 손을 대지 않고 있었다.

"그러네. 암튼 뭐… 너희들 피곤할 텐데 들어가서 쉬어. 정리는 내가 할 테니."

유미와 나는 언니에게 인사를 하고 방으로 왔다. 아까는 피곤해서 졸음이 쏟아졌는데 지금은 오히려 눈이 말똥말똥해졌다. 유미 폰에서 진동음이 길게 울렸다. 유미가 폰을 열어 통화했다.

"콘서트 잘 보고 왔어. 그래 엄마, 내일 내려갈 거야. 걱정 말고 편하게 자. 응, 아픈 데 없어. 알았어."

유미가 폰을 닫았다. 나도 엄마에게 이모 집에 잘 도착했다는 메시지를 보냈다. '알았어. 일찍 자.'라는 답문이 왔다. 잠잘 준비를 하고 유미와 나는 누웠다. 빗소리가 귓전을 두드렸다.

"내일 윤지완 만날 수 있을까? 기대 반 우려 반."

유미가 나를 향해 몸을 모로 눕히며 말했다. 나도 유미를 향해 모로 누웠다.

"인정. 그냥 운명에 맡길래. 못 만나도 내 운명이야. 우산은 소속사로 보내면 되겠지. 편지를 동봉해서."

"맞아. 만나면 더 좋겠지만. 이상하게 잠이 안 오네. 윤지완 오빠서울 가고 나서, 너 많이 힘들었지? 뭐 다른 일은 없었어?"

"정말 궁금해? 얘기 꼭 듣고 싶은 거야?"

"그걸 말이라고? 지금까지 숨긴 것도 솔직히 용서가 안 되거든."

유미가 눈을 표독스럽게 뜨고 날 노려보았다.

"미안. 오빠가 아이돌 가수라서… 좀 봐 주라. 얘기가 좀 길어."

나는 목소리를 가다듬고 차분히 유미에게 털어놓았다.

승윤이는 초등학교 1학년 때 같은 반이었는데, 자리도 바로 옆이었다. 승윤이가 학습준비물을 미처 챙겨오지 못하면 내 것을 같이 쓰면서, 승윤이는 뭐가 좋은지 나를 졸졸 따라다녔다. 그때, 엄마와 승윤이 엄마가 학부모 모임에서 만나 계모임이 만들어져 6학년 때까지 주욱 이어져 왔다. 그러다 6학년 때 또 같은 반이 되었다. 6학년이 된 승윤이는 변성기가 온 데다 체격도 커졌고 공부도 그럭저럭 잘하는 아이가 되어 있었다. 나는 승윤이를 보며 "많이 컸네. 잘 났어."라고 말하며 머리를 쓰다듬어 주기도 했다. 승윤이는 나보고 "지나, 성지나, 성질나." 이렇게 나를 부르다가 "성질나, 자꾸자꾸 성질나."라며 나를 노려보고는 했다. 그러면 나는 승윤이에게 눈을 흘기거나 등짝을 때리기도 했다. 그런데도 승윤이는 잘 고치지 않았다.

승윤이와 단짝 친구 현경이, 나 이렇게 셋은 토요일마다 모여 노는 삼총사였다. 간혹 사정이 있을 때는 모이지 않았지만, 식구가 단출한 우리 집에 모여 영화를 보거나 보드게임을 하며 놀았다. 때로는 눈물 떡볶이를 먹으러 가기도 했다.

승윤이가 아이스링크에 같이 가자고 하여 우리 셋은 토요일에 모였다. 수행평가를 마친 뒤라 홀가분해서 기분이 좋았다. 버스를 타고 아이스링크에 도착한 다음 우리 셋은 하이파이브를 했다.

"오늘 제일 많이 넘어진 사람, 떡볶이 사는 것 어떠냐?"

승윤이가 자신만만한 웃음을 얼굴에 드리우고 거드름을 피웠다. 현경이와 내가 마주 보고 피식 웃었다.

"좋아. 나는 자신 있어."

내 말에 승윤이가 손가락으로 'O'자를 만들어 흔들어 보였다.

각자 가져온 방한 장갑을 착용하고 스케이트와 헬멧은 대여해서 링크로 들어섰다. 좀 춥기도 했지만 견딜 만했다. 어떤 애들은 담요를 두르고 타는 아이들도 보였다. 운동감각이 좋은 편인 나는 마음껏 놀고 싶어 제일 먼저 출발했고 승윤이가 내 뒤에서 추격하듯 뒤따라오고 있었다. 현경이는 맨 뒤에서 조심하며 천천히 타고 있었다. 승윤이가 갑자기 내 앞으로 와서 팔을 번쩍 올렸다가 다시 뒤로 물러가는 등 장난을 쳤다. 한 바퀴를 다 돌고 난 뒤, 나는 실수로 중심을 못 잡아 쾅당 넘어지며 엉덩방아를 찧었다.

뒤따라오던 승윤이가 잽싸게 다가오더니 "자, 내 손 잡아."라고 말하며 손을 내밀었다. 혼자 일어날 힘이 없어 할 수 없이 승윤이 손을 잡았다. 그런데 승윤이가 나를 일으키다 너무 세게 당기는 바람에 그만 승윤이 쪽으로 내가 안기는 모양이 되어버렸다. 나도 모르게 "야, 뭐해!"라고 말하며 인상을 찡그렸다. 승윤이 얼굴과 내 얼굴이 10센티미터를 사이에 두고 마주 본 것이다. 나는 얼떨결에 승윤이를 확 밀쳤는데 다행히 승윤이가 중심을 잡아 넘어지지는 않았다. 나는 곧 가까이 오는 현경이와 남은 시간을 나란히 타며 놀았고 승윤이는 혼자 멀찍이 달아나버렸다. 가끔 우리를 보며 손을 높이 흔들었다. 두 시간을 노는 동안, 나는 세 번을, 현경이와 승윤이는 한 번씩 넘어져 내가 떡볶이를 샀다.

그 후, 승윤이는 아침 자습시간마다 반 아이들이 보는데도 은박지에 싸인 키세스 초콜릿이나 스니커즈, 하루 견과 따위를 내 책상 위에 올려놓기도 했다. 가끔 나를 뚫어져라 보는 눈길을 느꼈지만, 승윤이는 남자라기보다 친구일 뿐이었다. 아빠가 일본 출장에서 사 왔다며 다크 생초콜릿을 포장지에 싸서 나에게 주기도 했다. 내가 초콜릿을 좋아한다는 것을 알고 있었다. 승윤이가 날 위해 주는 따 뜻한 아이라는 생각이 들었지만, 마음이 가지 않는 것은 어쩔 수 없 었고 미안했다. 이성 친구라기보다 그냥 편한 친구였다.

중학생이 되고 현경이가 캐나다로 떠났지만, 가끔 승윤이는 뜬 금없이 카톡을 툭 툭 던지고는 했다. 승윤이가 카톡을 보낸 것은 금 요일 저녁이었다.

승윤 : 지나, 요즘 잘 지냄? 2학년 되니 공부만 하냐. 가끔 놀기도 해 쪼옴. 내일 토요일인데 노래방 OK?

지나 : 나, 그럴 시간 없어. 일요일에 교회 가니까 토요일에 인강 다 들 어야 돼.

승윤 : 이제 진짜 나랑 안 볼 거야? 우리 동창생 맞냐? 맨날 교회… 교회…, 거기에 뭐 꿀 발라놨어? 사실은, 어제 집으로 걸어가다 네 가 아파트 현관으로 들어가는 것 봤어. 갑자기 생각이 나서 말이야.

지나 : 사실은… 나 사귀는 오빠 있어. 노래도 잘하고 외모도 연예인 뺨 치게 멋지다. 나, 완전 반했어. 어쩌면 가수 될지도 몰라.

승윤 : … 그래? 교회에 같이 다니는 형이구나. 고딩이야?

지나 : 아니. 양신중 3학년이야. 너랑 같은 학교네. 엄마가 돌아가셔서 늘 검은색 옷을 입고 다니거든. 중학교 졸업할 때까지는 입고 다닐

거래. 사실은 그 오빠 엄마가 눈이 멀어지는 병에다 암에 걸렸대. 그래서 생전에 오빠와 같이 외출을 많이 하지 못해서 마음이 아프셨나 봐. 마음이 짠하더라고. 참, 내 정신 봐. 너 이 얘기 아무한테도 하면 안 돼. 알았지? 약속해.

승윤 : 그래야겠지. 암튼 얘기해줘서 고마워. 다음에 반창회 할 때 꼭 나와. 알았지. 그럼 바이!

지나 : 그럴게. 굿 나잇!

그즈음, 나는 일요일만 기다려졌고 교회에 가서도 블랙티를 슬쩍슬쩍 건너다봐야 안심이 되었다. 예배를 마치고 중, 고등부 학생들이 함께 교회 식당에서 점심을 먹었다. 한 달에 한 번 있는 행사였다. 중, 고등부가 오후 일반인 예배에서 찬양을 하도록 되어 있었다. 식당으로 가니, 블랙티가 나에게 손짓 했다. 나는 블랙티 옆에 앉아 돈가스를 먹었다. 블랙티가 기분 좋은 표정을 지으며 학원의 보컬 수업 얘기를 했다.

"난 보컬 시간이 제일 재미있고 즐거워. 연예기획사 오디션에 합격해서 가수 되고 싶어. 서울도 가고 싶고."

나는 부러움 반, 서운함 반의 심정으로 블랙티를 물끄러미 바라보았다. 블랙티는 노래 얘기를 할 때는 평소에 보지 못한 생기와 에너지가 흘러나왔다.

"오빠 실력이면 충분해. 뭐가 걱정이야? 고등학교는 졸업하고 오디션 보는 거지?"

"글쎄 더 빠를 수도 있어. 아니 정확히 모르겠어."

블랙티가 노래를 흥얼거렸다. 요즘 유행하는 '너야 너' 노래였다. '너야 너' 가사가 나올 때마다 나에게 손가락 총을 쏘며 재미있어했다. 블랙티가 노래를 불러주어 기분은 좋았지만, 그의 표정은 꿈꾸듯 안개 속을 걷는 듯해 뭔가 낯설고 거리감이 느껴졌다. 나는 말 없이 돈가스를 먹기만 했다. 블랙티가 오디션 합격하는 때가 늦어지기만을 간절히 바라면서.

어느 날, 교회에 조금 일찍 갔는데 어떤 남학생이 아이들 앞에서 무슨 얘기를 하고 있었다. 블랙티는 보이지 않았다.

"블랙티 엄마 얘기야. 블랙티 엄마가 예전에 돌아가시기 전에 장님이었대. 그래서 어쩌면 교통사고로 돌아가신 건지도 몰라. 블랙티도 유전되어서 장님 될지도 모르는 거래."

"그걸 네가 어떻게 알아? 누구한테 들었어?"

나는 눈을 크게 뜬 채, 울룩불룩 올라오는 화를 억누르며 그 남학생에게 물었다.

"너, 혹시 승윤이라는 애, 아냐? 승윤이 우리 반인데."

"뭐? 승윤이? 세상에…."

나는 아차 싶었다. 블랙티가 비밀을 지켜달라고 부탁한 건데, 교회와 학교에 소문이 나면 블랙티가 나를 원망하게 될 것은 불 보듯 뻔했다. 그 후, 블랙티가 엄마에게서 유전되어 장님이 될지도 모른다는 소문이 교회에 퍼졌다. 블랙티 소문은 자꾸 불어나서 나중에는 블랙티가 여학생 여러 명과 사귄다는 소문까지 떠돌았다. 그 소문 때문인지 교회에서 블랙티는 나를 보고도 차가운 표정으로 묘한 눈빛만 보내고 말을 걸지 않았다. 예배를 마치고 돌아갈 시간이었다. 나는 블랙티에게 사과하기 위해 운동화를 신는 둥 마는 둥 급하게 뛰어갔다.

"오빠, 잠깐만. 할 얘기 있어."

블랙티는 차가운 표정으로 나를 보더니 고개를 옆으로 돌렸다.

"여기서 얘기해."

"오해가 생긴 것 같아. 단지 오빠가 노래 잘하는 것 자랑하려고 얘기하다 내 마음이 짠해서 엄마 얘기가 얼결에 나와 버린 거였거든. 말하지 말라고 신신당부했는데. 절대 소문내려고 말한 것 아냐. 내 의도가 아니라고. 제발…."

"의도든 아니든, 결과가 중요한 거잖아. 그냥 됐어. 너한테 말을 하는 게 아니었는데…."

나는 눈물을 뚝뚝 흘렸고 더 말을 잇지도 못했다. 고개를 숙였는데 운동화 끈이 풀려 있었다. 블랙티는 내 운동화를 흘깃거렸지만 차가운 표정으로 고개를 획 돌렸다. 블랙티가 변심했고 예전의 그가 아니라는 생각이 들자 서러움이 복받쳐 올라왔다. 눈물을 흘리며 서 있는데도 아무런 답변도 않는 블랙티를 원망스러운 눈빛으로 노려보고는 나는 몸을 돌려 허청허청 걸어갔다.

밤에 잠이 오지 않았다. 블랙티의 냉랭한 표정이 수시로 떠올랐고 그럴 때 내 마음은 오물이 고인 구렁텅이에 처박히기라도 한 느낌이었다. 블랙티는 여리고 내성적인 성격이어서 감당하기 어려울지도 모른다. 나는 매일 잠자기 전에 하나님께 기도를 했다. 블랙 티가 나에 대한 오해를 풀고 내 마음을 이해해 달라는 기도는 한동 안 계속되었다.

다음 날, 승윤이한테 전화를 걸었다. "너, 진짜 혼자 소설 쓰고 이 럴래? 말하지 말라고 부탁했는데 이럴 수 있냐고? 당장 교회로 와 서 그 오빠에게 사과해." 승윤이는 아무 말도 않고 슬그머니 전화를 끊었다. 그러니 더 속이 상했다. 화장실에 가서 수돗물을 틀어놓고 소리 내어 엉엉 울어버렸다. 그제야 속이 좀 괜찮아졌다.

며칠 후, 엄마가 식당 문을 닫은 후 함께 근처 마트를 갔다. 장을 다 보고 푸드코트에서 햄버거를 먹는데, 블랙티가 어떤 여고생과 앉아 음식을 먹는 것이 보였다. 나를 알아볼까 봐 고개를 돌려버렸 다. 사귀는 여학생이 있다는 소문을 확인한 것이다. '나쁜 자식' 나 는 배신감이 느껴져 속으로 욕을 하면서도 한편으로는 믿기지 않았 다. 얼굴이 화르르 달아오르는지 열감이 느껴졌다.

나는 멍하니 앉아 햄버거를 먹는 둥 마는 둥 하다 엄마를 재촉해 서둘러 집으로 가자고 했다. 음식 잔여물이 든 쟁반을 들고 나가며 슬쩍 블랙티를 쳐다보았다. 블랙티와 눈이 마주쳐 나는 황급히 고 개를 돌렸다. 온몸이 뻣뻣이 굳는 듯했다. 재빨리 걸음을 재촉해 마 트를 빠져나왔다.

다음 주에 교회를 나갔더니 블랙티가 보이지 않았다. 교회 샘은 블랙티가 서울로 전학을 가서 삼촌 집에서 학교를 다니게 되었다 고 했다. 나는 내 진심을 담은 메시지와 우산을 전해줘야 한다는 메시지를 여러 번 보냈지만, 답장이 오지 않았고 전화를 걸었더니 번호가 바뀌어 있었다. 일요일마다 날씨가 맑아 우산 생각이 나지 않았고 전해 줄 기회를 놓쳐버린 것이다. 아니, 블랙티나 나나 우산을 생각할 마음의 여유를 잃어버린 것인지도 모른다.

블랙티가 떠난 후, 나는 점점 식욕을 억제하지 못하고 틈만 나면 냉장고를 열어 먹을 것을 찾아냈다. 책상 위에는 도넛이나 스낵 과자, 민트 초코우유가 늘 자리를 지키고 있어야 마음이 놓였다. 배를 가득 채우고 나면, 허전한 마음이 위로를 받는 느낌이었고 우울함이 좀 가셨다. 그런 답답한 심정을 나의 새, 시나몬 코뉴어에게 토로하며 시간을 보냈는데 나를 닮아가는 새도 조금씩 살이 붙고 있었다. 블랙티가 AP레인 멤버로 무대에 오를 때까지 암울한 무채색의 나날이었다.

내 얘기를 들은 유미가 가만히 고개를 끄덕였다.

"그러니까 뭐야, 윤지완 오빠가 인사도 없이, 너를 용서한다는 말도 없이 가버려 찜찜하다는 거잖아. 비밀을 지키겠다는 약속을 어기고 소문을 냈다는 것 때문에 널 이상한 아이로 생각할지 모르는 거고."

"맞아. 그래서 지완이 오빠가 떠난 뒤로 교회도 못 나갔어. 암튼 뭔가 말끔하지가 않고 마음 한구석이 늘 헝클어진 서랍 같았어."

"그랬구나. 이심전심, 역지사지, 동병상련, 일심동체, 염화미소."

"너 나한테 폼 잡는 거야? 한자 숙어 좀 안다고?"

내가 일부러 딱딱한 표정으로 따지듯 물었다.

"크크. 그냥 생각나는 대로 말했어. 근데 윤지완 오빠에게 진짜 사귄 여고생이 많았을까? 하긴 그 정도의 인물에, 노래 실력에, 여친이 없었다면 이상하지."

"윤지완이 서울로 간 이후에 들은 얘긴데, 오디션 정보를 주고받기 위해 보컬 지망생들과 자주 얘기를 나누었대. 그게 사귀는 것처럼 소문난 거고."

"어쨌든 난 존경해. 어려운 환경을 이겨내고 우뚝 일어났잖아. 외롭기도 했을 거고. 야, 얘기 많이 했더니 출출하다. 넌 안 그래? 비 내리는 밤인데 그냥 보내기 아깝잖아."

유미가 눈동자를 빛내며 말했다.

"그러네. 흐음. 아까 먹은 치킨 남았는지 볼까? 없으면 라면이라도 끓여 먹지 뭐."

"좋아. 무엇이든 달라고 배가 아우성이네. 수다와 간식은 바늘과 실이지. 헤헤."

비 내리는 서울의 마지막 밤이었다. 우리에겐 속 깊이 감추어 둔 얘기들이 있었고 그걸 들추어내려면 에너지, 즉 먹을 것이 필요했다. 일어나 방문을 살짝 열어보니, 아무도 없었다. 조용히 주방으로 나와 냉장고 문을 열어 뭐가 있나 살펴보았다. 남은 치킨이 상자째로 들어가 있었다. 치킨을 꺼내 레인지에 살짝 데우고, 냉동실에 있는 치즈스틱을 꺼내 프라이팬에 구웠다. 오렌지 주스와 콜라를 한 잔씩 부어 쟁반에 담아 방으로 들어갔다.

"하여튼, 유미 너는 참 미스터리하고 고군분투, 우왕좌왕, 좌충우돌, 천방지축이야. 시험만 잘 치는 줄 알았는데 분위기 잡으며 수다도 떨 줄 알고."

"여기까지 와서 시험 얘기 좀 안 하면 안 되냐? 나에게도 흑역사가 있걸랑."

"그래? 너 흑역사 궁금하네. 혹시 중학교 때 있었다는 일과 관계 있는 거야?"

"아주 아픈 데를 콕콕 찔러라."

"나도 털어놓았으니 너도 웬만하면 그만 실토하지 그러냐. 너 중학교 때 안 좋은 일 있었다는 것 소문이 다 났는데 그 얘기를 아는 아이들이 없더라고. 네가 얼굴이 예쁜 데다 공부도 잘하니까 애들이 더 관심을 갖던데. 대체 무슨 일이야?"

"그래? 난 이제 서서히 잊어가는 중인데 뭘. 기억하면 마음이 아프니까."

"오늘 밤은 각자 비밀 털어놓는 밤인가. 너는 책만 파고드는 아이인 줄 알았거든. 아이돌이야 뭐, 소녀들한테 우상이니 당연한 거라 치고. 독서능력대회에서도 상 받았잖아."

"책은 지금도 좋아하는 건 사실이야. 해리포터부터 시작했는데 시리즈 완독하고 판타지의 세계에 완전 매료되어 버렸어. 뱀파이어 시리즈도 다 뗐고. 문학 시리즈는 초딩 때 논술 공부하면서 시작했어. 아마 내가 공부를 안 했으면 책만 파고 있었을걸. 판타지와 문학의 바다를 항해하고 있으면, 엄마는 내가 거기서 난파라도 당할까 봐 긴급 구조선을 띄우지.”

유미가 꾸벅꾸벅 졸다, 억지로 눈꺼풀을 밀어 올리며 간신히 이야기를 이어갔다.

“나도 해리포터와 뱀파이어 시리즈 마니아야. 영화도 다 찾아봤고. 그 영화에 나온 배우들이 지금은 어떤 얼굴인지 다 찾아보기도 했어. 헤르미온느 역을 맡은 엠마 왓슨은 너무 예쁘지? 20년이 지났는데도 말이야.”

내가 잘 아는 얘기라 그런지, 술술 흘러나왔다. 몇 시간이라도 떠들 수 있을 것 같았다.

“맞아. 진짜 미인은 변함없어야 하나 봐. 연기도 잘하니까 존경스럽더라. 불사조 기사단 얘기는 몇 번 봐도 안 지루하거든. 넌 음악 잘하잖아.”

유미가 다시 눈망울을 초롱초롱 굴리며 수다를 이어갔다.

“난 솔직히 학교 공부 빼고는 다 재밌고 잘해. 초등학교 때 현경이랑 리코더 합주부에서 연주할 때의 기억이 잊히지 않아. 무대에 서면 내가 자랑스럽다는 걸 느껴.”

“네 말도 일리가 있네. 우리가 뭐 꼭 공부에서만 1등 하라는 법 없잖아. 학교가 전부도 아니니깐.”

나는 고개를 끄덕이고는 ‘할아버지의 11개월’을 허밍으로 불렀다. 유미도 따라 불렀다.

“아, 우리 현경이 보고 싶다.”

“현경이? 이민 갔다는 친구? 연락 안 해?”

"페북 메시지로 얘기해. 사진도 많이 올려 줘. 나는 캐나다에서는 공부를 열심히 안 해도 되는 것 같아서 부러워했거든. 근데 인종차별 때문에 울 때도 많아 봐. 얼마 전에는 옆 동네에서 총기 난사 사건도 일어났다더라구."

"어머 끔찍해라. 나는 총기 없는 우리나라가 좋아. 승윤이는 요즘 어때?"

"그 자식이 아직까지 내 주위를 떠돌면 인간도 아니지. 윤지완 오빠랑 헤어진 게 다 누구 때문인데? 윤지완 오빠 서울 가고 나서, 승윤이한테 카톡을 보냈어. 학교 마치고 놀이터로 좀 나오라고. 승윤이는 뭔가를 기대했는지, 음료수와 햄버거를 들고 왔더라고. 오빠가 없으니 내가 뭐 데이트 신청 한 줄로 알았나 봐. 기가 막혀서. 내가 힘 좀 쓰잖아. 사정없이 두들겨 팼어. 체증이 확 뚫린 기분이었어. 넘어져 헉헉대고 있는 걸 보고 집으로 가 버렸지. 그 뒤로 얼씬도 안 해. 주제 파악도 못 하는 녀석."

나는 스르르 눈이 감겨왔다. 유미도 내 얘기를 듣는 건지 안 듣는 건지 꾸벅 졸고 있었다.

"유미야, 우리 그만 자야겠다."

유미가 눈을 희끔 뜨고 날 바라보았다.

"그래. 내일도 할 일이 많아. 그만 자."

우리는 쟁반을 챙겨 주방에 정리해놓고 자리에 누웠다. 벽시계가 밤 열두 시를 가리키고 있었다.

유미의 친구

　전등을 끄고 눈을 감았지만, 머릿속은 온갖 잡동사니들이 뒤섞여 분리수거 전의 쓰레기통 같았다. 윤지완이 과연 날 기억할까에 대한 것부터 만날 수 있을까에 대한 불확실성, 그대로 돌아간다면 또 하루하루를 조바심 나게 보내야 하는 불안, 유미가 아이들에게 소문을 내지 않을까 하는 우려 등이 머릿속에 마구 헝클어져 있었다. 잠이 오지 않았다. 나는 속으로 AP레인의 노래를 아는 대로 끝까지 부르기도 하고, 숫자를 100부터 1까지 거꾸로 세어보기도 했다. 몸을 뒤척거리다 나도 모르게 오른편 다리를 유미 다리에 올려 간당거렸다. 약속이라도 한 듯, 유미 왼편 다리가 내 다리 위로 올라왔다.

　"어, 너도 안 잤어? 아까는 졸렸는데 이상하게 잠이 안 와."

　내가 유미 쪽으로 모로 누우며 말하자, 유미도 나를 향해 모로 누웠다.

"나도야. 자야 한다고 생각하면 더 잠이 안 와. 어떡하지?"

유미가 잠기 없는 또렷한 목소리로 말했다.

"친구들끼리 예전에 파자마 모임 할 때도 밤새 놀았으니까. 하룻밤쯤 얘기하며 밤새워도 괜찮아."

"그래. 잠도 안 오는데 우리 불 켜고 얘기할까?"

"콜. 깊어가는 서울의 밤, 우리 속에 쌓인 것 훌훌 다 털어놓자고."

내가 일어나 전등을 찾아 불을 켰다.

"지나야, 너무 환하니 좀 그래. 전기도 아낄 겸, 휴대폰 손전등 켜는 게 어때?"

내가 좋다고 하자, 유미가 손전등을 켠 다음 한구석에 세웠다. 내가 벽에 있는 전등 스위치를 껐다. 은은하고 오붓한 불빛이 우리 둘만을 비춰주었다. 우리는 마주 보고 누웠다.

"나 놀랐어. 네가 서울까지 오는 걸 보고 말이야."

"내가 윤지완 오빠랑 아는 사이라서?"

"아니 그것보다, 오해를 풀기 위해서 여기까지 왔다고 했잖아. 나한테도 풀어야 할 오해가 있지만 그렇게 행동으로 선뜻 옮기지는 못했거든. 너한테 한 수 배웠다고나 할까."

"그래? 뜬금없이 무슨 얘기?"

"사실은 나도 어떤 친구와 풀지 않은 오해가 있는데 그게 마음 한구석에 찜찜하게 남아 있는 것 같아."

"그래? 완전 궁금해지는데. 대체 무슨 일이야?"

내가 유미를 물끄러미 바라보며 말했다.

"그게… 중학교에서 있었던 일인데, 이제 나도 그만 정리하고 싶어."

한숨을 푹 내쉬는 유미의 표정에 가는 실금 같은 불빛이 지나갔고 유미는 조곤조곤 얘기를 시작했다.

유미는 초등학교 때까지 엄마의 자녀교육 맞춤형 아이였다. 시험을 치면 1등을 놓친 적이 없어 범생이, 정답 노트로 불렸다. 아이들은 물었다. 공부 실력은 누구 덕분이냐고. 유미는 고민에 빠졌다. 솔직히 엄마, 아빠 중에 누구 덕분이라고 말해야 할지 판단이 서지 않았다. 유미는 아빠에게 물었다. "내 머리는 누구를 닮은 거죠?" 아빠는 국립대학 출신이고 엄마는 사립대학 출신이니 "나야 나!"라고 했다. 그 상관관계가 애매해서 엄마한테 똑같은 질문을 던졌다. 아빠는 지방에 있는 대학이지만, 엄마는 인 서울 대학이라서 "나야 나!"라고 했다. 그래서 유미는 누군가 물어본다면 "부모님 덕분이지."라고 대답했다. 어른들은 유미를 공주나 예쁜이로 불렀지만, 친구들 사이에서는 디지털 공주, 탁상미인이라는 별명으로 불리었다. 그럴 때면, 유미는 도도한 표정을 지으며 친구들에게 "엄마 덕분이지."라고 응수했다.

외모도 1등, 공부도 1등인 딸은 엄마, 아빠의 자랑이고 가문의 영광이었다. 학교에서 받아 온 각종 상장은 클리어 파일에 차곡차곡 쌓이고, 때로는 액자에 끼워져 유미의 방에 걸렸다. 조회 때 전교생이 보는 데서 교장 샘에게 상장을 받을 때면, 온몸에서 자부심과 행복감이 햇살같이 피어올랐다.

유미의 엄마는 유미가 어렸을 때, 함께 외출하면 마치 무대 위를 걷는 듯한 느낌이었다고 나중에 얘기했다. 사람들이 자신을 쳐다보는 것이 분명하다고 우겼다. 유미는 절대 아니라고 부정했지만. 중학생이 되어 유미의 얼굴은 인형의 겉껍질을 벗고 여학생의 표준화된 얼굴로 약간 변했다. 그렇다고 미인의 범주에서 벗어난 건 절대 아니라고 유미는 생각했다.

"가문의 영광이라… 지금 널 보면 별로 믿기지 않는데. 내 눈이 잘못된 건가?"

내가 고개를 갸웃거리며 물었다. 유미가 어이없다는 표정으로 독수리 눈을 한 채 날 노려봤다.

"아, 미안. 인정할게. 너한테 남다른 매력이 있기는 해. 가족관계는 뭐 그럭저럭 화목해 보이구만."

"그건 그래. 근데 작년에는 엄마와 원수처럼 지내기도 했어."

"그래? 세상에… 어쩌다가 그렇게 된 거야?"

나는 호기심 어린 눈을 바짝 치켜뜨고 유미를 바라보았다.

유미는 여자중학교에 다녔다. 3학년에 올라와 4월쯤 되었을 때였다. 교실에 도착하자 짝인 서현이가 보이지 않았다. 책가방은 제자리에 걸려 있었다. 조회가 시작될 무렵에서야 서현이가 샴푸 냄

새를 풍기며 나타났다.

"서현아, 어디 다녀왔어? 화장실?"

유미가 물었다.

"아니. 머리 감고 말리고. 휴 다행히 다 말랐네."

"머리를 감았다고? 어디서 말이야?"

"어디긴. 샤워실밖에 더 있어?"

"…."

곧 담임이 들어와 이야기를 계속할 수 없었지만, 쉬는 시간에 유미는 자세히 물어보았다. 등교 시간은 7시, 교실로 와서 도시락을 까먹는다. 그리고 샤워실로 가서 양치질을 하고 세수, 머리 감기를 한다. 사물함에 있는 드라이기, 고대기를 들고 가서 머리를 손질한다. 그러고 나면, 아이들 등교 시간이 된다는 것. 학원은 안 다니며 인강으로 어려운 과목 수업을 듣는다고 했다. 그 외의 남는 시간에는 유튜브를 듣거나 동영상을 만들어 올리기도 하며 자유롭게 보낸다고 했다. 서현이는 유미가 해보지 않은 것을 마음대로 하는 자유로운 영혼이었다. 머리칼을 젖혀보면 귀에 귀걸이가 두 개씩 달려 있었다. 일찍 학교에 가니까 적발되지 않아 상관없다고 했다. 어떻게 저토록 마음먹은 대로 행동하는지 유미는 의아스러웠다. 유미에겐 지켜야 할 규칙이 있었고 꼭 해야 할 일과 하면 안 되는 일이 정해져 있었다. 유미의 생활은 그런 규칙에 따라 1밀리미터도 어긋나지 않게 반듯하게 흘러갔고 그것은 곧 유미의 자부심이고 유미엄마의 자존심이었다.

점심시간이었다. 급식소에서 서현이랑 나란히 앉아 밥을 먹으며 도란도란 얘기를 나누었다.

"유미야, 너 주말에 뭐 할 거야? 나랑 벌툰에 가볼래?"

"벌툰이 뭔데?"

"만화 카페 몰라? 거기서 밥도 사 먹고 만화 실컷 보다 보면 시간 가는 줄 모를 거야."

"그래? 생각해볼게. 엄마 허락받아야 되거든."

"세상에… 주말에 친구랑 놀러 가는 것도 엄마한테 허락받아야 돼? 우와, 너 진짜 마마걸이네."

유미는 마마걸이라는 말에 얼굴이 붉어졌다. 좀 머쓱하여 식판만 쳐다보며 밥을 먹었다. 서현이는 공부는 중간 정도이고 수업시간에는 잘 졸기도 하지만, 그 외의 시간은 물고기가 물을 만난 듯, 거침없고 생기가 넘쳤다.

저녁에, 가족끼리 밥을 먹고 난 후 설거지를 하는 엄마에게 유미는 물었다.

"엄마, 토요일에 영어학원 다녀와서 친구랑 놀러 가도 되지?"

"친구 누구 말이야? 수학 공부해야 하는데."

"내 짝꿍 서현이 말이야. 벌툰인가 하는 만화 도서관이 있대. 밥도 사 먹을 수 있고. 시간 가는 줄 모르고 재미있게 시간 보낼 수 있대."

유미는 '거기 모르는 아이가 어디 있어?' 하고 말하려다 삼켜버렸다. 엄마에게 통할 것 같지 않았다. 엄마가 개수대 수도꼭지를 잠그고 고무장갑 낀 손으로 유미에게로 고개를 돌렸다.

"애가 애가, 지금 뭐라는 거야? 만화… 뭐라고? 이제 고등학교 올라갈 애가 공부만 해도 시원찮을 판에 만화를 보러 가? 정신이 있어 없어?"

엄마가 휘둥그레진 눈으로 유미를 바라보았다.

"다녀와서 공부할 거야. 친구들 가는 곳에 나라고 못 가라는 법 없잖아. 서현이는 부모님 허락도 안 받고 자유롭게 다니던데."

설거지 마무리를 한 엄마의 얼굴이 노래지더니 소파로 가서 풀썩 주저앉았다. 유미더러 앉아 보라고 했다.

"논술 공부에 만화는 별로 도움이 안 돼. 너 원래 만화는 잘 안 보더니, 지금 와서 왜 그래?"

"나도 재미있는 거 해보고 싶어서 그래. 친구들 하는 것, 나도 한 번은 해봐야지, 안 그래? 공부도 열심히 한다고 약속할게."

엄마는 기운 하나 없는 종이 인형처럼 하느작대다가 소파에 드러누웠다. 한숨만 내쉬더니 한 번만 가는 걸로 약속하라고 했다. 유미는 엄마와 손가락을 걸었다. 이상했다. 엄마는 큰일이라도 벌어진 듯 한숨만 내 쉬는데 유미는 날아갈 듯이 기분이 부풀었다.

"벌툰은 한두 번은 다 가보는 곳이야. 서현이 걔, 재미있어 보인다. 크크."

유미가 애기 도중에 물 잔을 들이킬 때 내가 웃으며 말했다. 유미가 내 말에 풋, 웃었다.

　　　　　　　　유미의 친구

"그래서 나도 서현이한테 끌려다닌 거지. 은근히 사람을 끄는 매력이 있는 아이였어. 한 번쯤 친해 보고 싶은 느낌 있잖아. 그래서 망설이지 않고 다가간 거지."

"그랬구나. 우리 또래에 흔히 일어나는 일이야. 통과…?"

"통과의례. 한번 일어났어야 할 일을 그때 겪은 거지."

"맞아. 통과의례. 역시 똑똑한 우리 유미… 헤헤."

토요일이 되어, 유미는 버스정류장에서 서현이를 만나 버스를 타고 만화 카페에 갔다. 시내버스를 타는 것도, 만화 카페도 모두 처음이라 신기하고 새로웠다. 만화가 종류별로 무척 많았고, 개인 공간도 있었다. 유미는 서현이랑 소파에 앉아 만화를 보다 배가 고플 즈음, 스팸 달걀 비빔밥을 먹고 초콜릿 라떼를 마셨다. 둘만 얘기하고 싶으면, 사다리 타고 다락방으로 올라가 속닥거리며 놀았다.

"서현아, 너는 여기 자주 왔어?"

"그럼. 초등학교 때부터 만화책 보려고 여기 들락거렸어. 한 달에 두어 번은 왔을 거야. 너, 월요일 새벽 등교하지 않을래? 나처럼."

"새벽 등교? 엄마한테 허락받아야 돼. 우리 엄마는 규칙을 바꾸는 걸 싫어하셔서 쉽지 않을 건데. 물어보기는 할게."

"도시락 들고 와서 우리끼리 교실에서 먹으면 재미있지 않을까. 시간 되면 공부도 하고."

"좋은 생각인데. 물어볼게."

그날 저녁, 유미는 엄마에게 새벽 등교 얘기를 했다. 보통 때는 아파트에서 출발하는 미니버스를 타고 등교했다. 엄마는 다 정해진 것을 바꾸는 거는 절대 안 된다고 으름장을 놓았다. 엄마의 얼굴이 언뜻 흉하다는 생각에 외면하고 방으로 들어왔다. 유미도 자신의 감정변화가 낯설고 생경했다.

학교에서 유미는 서현이와 더 친해지고 얘기를 많이 나누었다. 재미있는 드라마 얘기도 하고, 유튜브 얘기도 했다. 서현이는 도깨비 드라마를 재방송으로 두 번이나 봤다고 했다. 늘 싱글벙글한 표정에 기운이 넘치고 뭔가 재미있는 일이 가득해 보였다. 그에 반해 학원과 학교밖에 모르는 유미의 생활은 단조롭고 따분했다. 토요일이 되었을 때, 엄마에게는 반 아이들과 도서관에 가서 조사학습을 해야 한다고 말하고 유미는 서현이랑 노래방에 갔다. 한 시간 가까이 노래를 부르고 나니 속이 다 시원해졌다.

이제는 유미도 뭐든지 마음대로 할 수 있는 청소년이 된 기분이었다. 그 뒤, 토요일마다 만화 카페, 노래방, 영화관 등을 다니며 시간 가는 줄 모르게 보냈다. 하지만 유미의 마음 한구석에 일말의 불안감이 없는 건 아니었다. 이러다 성적이 떨어지고 그동안 간직해 온 모범생 이미지가 하루아침에 추락하지 않을까, 하는 생각도 들었다. 그런데 그 모범생 이미지가 과연 무엇일까 하는 생각이 들면서 유미는 애써 떨쳐 버리고 싶었다. 얼마 있지 않아, 엄마를 설득하여 새벽 등교도 허락을 받아냈다. 다른 아이들보다 일찍 등교해서 공부하겠다고 하니, 엄마는 승낙을 해주었다. 단, 조건이 있었다. 성적이 오르지 않는다면 원래대로 미니버스를 타고 다녀야 했다.

아이들이 등교하기 한 시간 전에, 유미와 서현이는 엄마가 싸준 도시락을 까먹고 수다를 떨거나 폰으로 유튜브를 보면서 시간을 보냈다. 책을 펴놓고 공부를 하려고 했지만 머리에 들어오지 않았다. 서현이가 샤워실에서 머리를 감을 때, 유미도 함께 머리를 감았다. 마치 어디로 여행 온 기분이었고 무슨 이벤트 같았다. 유미가 머리를 다 감자, 서현이가 수건으로 유미의 머리를 감싸며 꼭 꼭 눌러주었다. 그다음, 거울 앞에서 드라이기로 머리를 말린 다음에 고대기로 앞머리 웨이브를 넣으며 말아주었다. 서현이는 남의 머리 만지는 걸 좋아한다고 했다. 유미는 마치 미용사에게 머리를 맡기듯 가만히 있었다. 마음이 편안했고, 푹신한 솜이불을 덮고 누운 듯 아늑한 기분이 들었다.

학교를 마치고 학원에 갔지만, 유미의 머릿속은 드라마나 유튜브, 만화가 끼어들어 뒤범벅이었다. 학원 공부를 하는 둥 마는 둥 집에 와서 친구들과 단톡방에서 수다를 떨거나 게임을 하며 시간을 보냈다. 밤늦게 잠이 들어 새벽에 일어나 학교에 갔고 수업시간에 유미는 꾸벅꾸벅 졸며 시간을 보냈다.

1학기 기말고사에서 유미는 학급등수 10등을 했다. 등수가 성적표에 표시되는 건 아니었는데, 유미의 점수를 의아하게 여긴 엄마가 담임과 통화를 한 모양이었다. 식탁에 앉아 차를 마시던 엄마는 유미보고 앞에 앉아 보라고 했다.

"너, 공부 열심히 한다고 엄마한테 약속하지 않았어?"

"..."

유미는 고개만 푹 숙였다.

"서현인가 하는 애랑 어울리더니 결국 이런 결과가 나왔네. 앞으로는 어울리지 마. 친구가 중요하다고 내가 얘기했지. 그런 애랑 어울리니 그런 꼬라지밖에 더 돼? 앞으로는 그 애와 안 어울리고 공부만 하겠다고 약속해. 더 이상은 못 봐준다."

엄마는 얼굴을 붉히며 목소리를 높였다. 눈물이 핑 돌았다. 그러나 엄마의 말이 한쪽 귀로 들어와 다른 쪽 귀로 나가는 것 같았다. 유미에게 뭔가 모를 화가 솟구쳐 올라왔다. 유미 안에 잠잠히 있던 반항의 알갱이들이 일제히 들쑤시고 일어나 유미의 마음을 마구 흩뜨려놓고 있었다.

"엄마가 왜 내 친구를 간섭해? 친구는 내가 알아서 사귈 거야. 간섭하지 마. 공부를 잘하는 것도 못 하는 것도 다 내 인생이야. 내가 결정할 거야."

엄마가 입을 딱 벌리고 입술을 파르르 떨었다. 유미는 엄마의 넋이 나간 표정을 흘깃거리고는 방으로 들어가 버렸다.

"유미, 이리 와 앉아. 내 얘기 아직 안 끝났어."

"나 지금 말할 기분 아냐. 내가 알아서 할 테니 신경 쓰지 마."

유미는 큰 소리로 대답하고 안에서 문을 잠갔다. 엄마의 노기 띤 목소리가 계속 들려왔지만 더 응대하지 않았다. 한번 맹렬히 타오른 분노, 억울함 등의 감정이 쉽게 가라앉지 않았다. 화장실 갈 때와 식사 시간 외에는 방문을 잠그고 틀어박혔다.

"와우, 우리 유미한테 그런 반항 기질이? 정말 믿어지지 않아. 범생이인 네가?"

"사람은 새로운 모험을 하고 싶은 기질이 분명 있어. 정도의 차이는 있을지 모르지만."

"인정. 그런 기질이 사춘기를 만나, 더 활개를 친 거고. 어쩌면 우리가 감당할 역사적 소명 아니겠냐. 난 고런 생각이 들구만."

"나도 후회는 없어. 다만, 나에게 남아 있는 개운치 않은 감정 때문에 찜찜할 뿐이지."

나는 유미의 말에 고개를 끄덕이며 홋, 웃었다.

엄마는 밥 먹을 때마다 유미를 설득하고 달래고, 유미의 꿈인 '외교관'을 들먹이며 다그쳤지만 손에 쥔 모래알처럼 엄마의 말은 스르르 흩어지고 부서졌다. 자신이 변했다는 생각은 들었지만, 잘못했다는 생각은 들지 않았다. 친구들 대다수가 그렇게 생활한다고 믿었기 때문에 다른 애들처럼 당당하고 떳떳하게 행동하자고 내심 다짐했다.

2학기가 되어서도 유미는 여전히 서현이와 어울려 다녔다. 엄마의 설득이나 다그침이 반항만 불러일으키자 엄마는 눈에 띄게 말수가 줄어들었다. 용돈도 잘 주지 않았고 간식이나 밥도 소홀했다.

"네가 엄마한테 그걸 달라고 할 자격이 있다고 생각하니? 엄마가 바라는 대로 해. 그러면 나도 네가 바라는 대로 해 줄 테니." "그런 주제에 뭘 달라고 까불어. 너는 그렇게 되어도 싸. 이것도 감지덕지

하지, 안 그래?" "난 더 이상 못 해줘. 다 알아서 한다고 했으니 밥도 알아서 챙겨 먹으렴." "네가 내 딸이 맞아? 난 믿어지지 않는데."

이런 말을 일삼으며 엄마는 직무유기에 들어갔다. 직접 라면을 끓여 먹거나 볶음밥을 해 먹기도 하고, 밥과 국을 떠서 대충 먹었다. 용돈이 궁해지니 친구들 만나는 횟수도 줄어들고, 방에 틀어박히는 시간이 더 늘어났다. 유미는 폰으로 몇 시간씩 시간을 보내다 지쳐 잠이 들어버렸다.

엄마가 아무것도 해주지 않고 자신을 무시한다는 생각이 들자, 유미는 화가 나고 무기력감에 빠졌다. 엄마는 유미와 거래하는 거나 다름없었다. 무조건적인 사랑이 아닌, 조건적인 사랑이었다. 엄마가 엄마노릇을 하지 않는다면, 자신도 딸 노릇 할 필요가 없었다. 엄마와 함께 한 집에 사는 것도 의미가 없을 것이었다. 유미는 식탁에서 혼자 라면을 먹으며 "나, 집 나갈 거야. 엄마는 그러면 좋겠지. 내가 꼴 보기 싫으니 내가 사라지면 되잖아."라고 격앙된 목소리로 말하고는 라면을 반도 먹지 않고 개수대에 부어버렸다. 소파에 앉아 있던 엄마는 어이가 없는 표정을 지으며 고개를 획 돌렸다. 유미는 방에 들어가 문을 안으로 잠근 다음, 소리 내어 울었다.

다음 날, 유미는 학교가 파한 후 학원도 가지 않고 혼자 버스를 탔다. 바닷가 근처에서 버스를 내려 무작정 걷다 보니 바다가 나왔고 사람들은 많이 보이지 않았다. 백사장의 끝에서 끝까지 걷다가 다리가 아파 해변의 벤치에 털썩 주저앉았다. 파도가 하얀 거품을 물고 밀려왔다 쓸려가는 사이로, 집에 들어가야 하나 말아야 하나,

하는 마음이 번갈아 끼어들어 유미를 휘저었다. 집에는 들어가기 싫은데 어디로 가야 할지 판단이 서지 않았다. 남자 어른들이 흘깃거리며 지나갔다. 날이 어두워지고 사람들도 하나 둘 보이지 않자, 더럭 겁이 났다. 친구 집에라도 가야 할 것 같았다. 서현의 집에 전화를 걸었더니 자기 집으로 오라고 했다. 집 근처 놀이터에 있으면 데리러 오겠다고 했다. 전화를 끊고 나서 휴대폰 전원을 꺼 버렸다. 엄마가 전화를 할지도 모르기 때문이었다.

서현이가 일러준 대로 버스를 타고 가서 아파트를 찾아 입구 놀이터에서 기다렸다. 피곤하고 눈꺼풀도 무거워졌지만 서현이는 금방 나타나지 않았다. 놀이터 부근은 가로등이 희미해 앞이 제대로 보이지 않았다. 벤치에 앉아 등을 기대어 잠시, 눈을 붙였다. 누군가 우악스레 팔을 잡는 것이 느껴져 깜짝 놀라 눈을 떴다. 어떤 남자가 유미의 팔을 잡아당기고 있었다. 유미는 몸이 얼어붙은 듯 꼿꼿해졌고 입에서 아무 소리를 낼 수가 없었다. 있는 힘을 다해 그림자를 확 밀쳤다. 잠시 후, "유미야, 유미 맞아?" 하는 서현이 소리가 들렸고, 서현이가 엄마와 함께 다가왔다. 남자가 잽싸게 달아나 버렸다.

"세상에, 큰 일 날 뻔 했네. 일단, 우리 집으로 가자. 서현아, 유미 엄마한테 네가 전화해봐."

서현이 엄마가 말했다. 유미가 전화하지 말라고 손을 내저었다. 유미는 서현이 집에 들어서자마자 거실의 한구석에 쓰러지듯 누웠다. 온 몸이 아프고 쑤셨다. 서현이는, 놀이터마다 찾아다니느라 늦었다고 말했다. 서현이가 말한 놀이터는 유미가 기다리던 곳과

10분 정도 떨어진 곳이라고 했다. 전화기를 왜 꺼놓았냐는 서현이의 물음에 유미는 고개를 내저었다. 유미는 감기몸살에 걸린 듯, 신음소리를 냈다. 서현이 엄마가 약과 따뜻한 보리차를 갖다 주었다.

"유미야, 네 엄마가 얼마나 걱정하겠니? 몸도 안 좋은데. 그러지 말고 전화해. 전화기 이리 줘 봐."

서현이 엄마의 독촉에 유미는 엄마 전화번호를 찾아 휴대폰을 내밀었다. 얼마 후, 엄마가 서현의 집에 도착해 유미는 엄마를 따라 나섰다.

유미는 학교에 사흘을 결석했다. 일어날 힘도 없었고 아무 말도 하기 싫었다. 엄마가 옆에서 말을 시켰지만 입을 꾹 다문 채 어떤 말도 하지 않았다. 방에 갖다 주는 밥만 간신히 먹었다. 놀이터에서 봤던 시커먼 그림자가 자꾸 눈앞에서 어른거렸다. 자다가도 비명을 지르며 일어나고 벌벌 떠는 일이 많아졌다. 한숨만 내쉬던 엄마가 심리상담을 받자고 말했다. 유미는 어쩌다 심리상담까지 받아야 하는지 알 수 없었지만 엄마의 말을 따르기로 했다.

상담은 3개월간 이루어졌고 엄마도 몇 번의 학부모 상담을 받았다. 상담이 끝날 즈음, 유미는 엄마가 자신을 무시하고 미워하는 것이 결코 아니라는 것을 알았다. 변함없이 유미를 사랑하지만 그 방법이 달랐다는 것, 뿐이었다. 엄마의 마음을 이해하고 받아들이기로 하자 오히려 마음이 편안해지는 것 같았다. 유미는 열심히 공부하기로 마음먹었다.

"그때 이후로, 엄마한테 반항했던 마음을 정리하면서 서현이와도 정리를 한 거구나."

유미 이야기에서 이제야 뭔가가 잡히고 매듭이 지어지는 것 같았다.

"맞아. 서현이와는 딱 거기까지였던 것 같아. 엄마와의 문제도 정리가 되고… 나는 나의 길을 가는 거다, 그런 생각을 하며 종지부를 찍은 거지."

"그럼, 그때 이후로 서현이와 전혀 어울리지 않은 거야? 연락도 안 왔어?"

"실은 그래. 서현이의 전화도 안 받고, 카톡이나 문자도 씹었거든. 나 자신을 유배시켜 버렸으니까. 무조건 엄마를 옹호하고 따르겠다는 의미는 아니었어. 그냥 나, 장유미 그대로 내버려 두고 싶었거든."

"서현이가 서운했겠네. 학교에서도 마주쳤을 텐데?"

"그 사건 후로 짝도 바뀌어 잘 마주치지 않았어. 그걸 의식하게 되니 자꾸 피하게 되고 우리는 서서히 멀어졌어. 졸업하고 다른 학교로 각자 진학을 했고."

"그렇게 멀어졌구나."

"졸업식이 있던 날, 서현이와 살짝 눈이 마주쳤는데 곧바로 외면했어. 그날 저녁에 톡이 왔더라고. 미안하다고. 만나서 사과하고 싶은데 주말에 만날 수 있는지 묻더라. 그런데 아무 답변도 안 보냈어. 걔를 미워한 것도 아니고 아무 앙금이 남은 게 아니었는데. 지금 생각하니, 그 추억들을 지워버리려 했던 것 같아."

"서현이는 자기 때문에 너한테 그런 일이 생긴 거라고 자책감이 생겼을지도 몰라. 더구나 인사조차 외면했으니."

"그렇지? 내 생각도 그래. 서현이가 마음의 상처를 갖고 있을까 봐 걱정돼. 지금이라도 편지 보내고 싶어. 학교생활 멋지게 하고 좋은 일만 생기기 바란다고. 그때의 추억을 소중히 간직하겠다고."

"그래서 사람은 헤어질 때가 중요해. 사실 그런 시간이 있었기 때문에 유미 네가 지금 공부를 열심히 하는 건지도 몰라."

"맞아. 서현이에게 비치는 마지막 내 모습이 이상하게 보일 것 같다는 생각이 들면 언제나 마음이 편치 않았어. 이제는 서현일 만날 수 있을 것 같아. 너를 보고 용기를 얻었거든."

"그럼, 남아 있는 앙금이나 오해는 확실히 푸는 게 좋아."

유미는 작은 눈물이 맺힌 눈으로 고개를 끄덕였다. 유미의 눈꺼풀이 마침내 아래로 내려왔다. 우리는 불을 끄고 자리에 누웠다.

AP레인의 소속사

　일요일 아침이 되었다. 지난밤에 대체 몇 시에 잠들었는지 기억이 나지 않았다. 빗소리를 들으며 유미랑 꽤 늦게까지 얘기한 것만 기억났다. 베프인 우리가 서울 와서 각자의 비밀을 엿보게 된 사실이 묘한 느낌을 주었다. 이틀 밤을 함께 하며 우리는 좀 더 서로에 가까워진 것이리라. 내 용기가 자극이 되었다는 유미의 말이 떠오르자, 나도 모르게 실죽 웃음이 나왔다. 벽시계가 아침 아홉 시를 가리키고 있었다. 오늘도 할 일이 많을 거라는 생각에 나는 벌떡 일어나 창문을 활짝 열었다. 비는 그치고 투명한 햇살이 상큼한 공기와 함께 새처럼 날아들었다. 나는 심호흡을 하며 맑은 공기를 흠씬 들이마셨다. 고소한 음식 냄새가 살짝 코를 간질이고 지나갔다. 이불을 정돈하고 배낭을 챙기며 부스럭거리는데 유미가 "아, 눈부셔!" 하며 눈을 떴다.

"오늘 나갈 때 배낭 챙겨가야지. AP레인 소속사에 연락도 해야 하고. 에휴, 오늘도 바빠."

"와! 드뎌 윤지완 오빠 만나는 날이네. 작전 수행 '윤지완을 찾아라' 헤헤."

유미가 말하고는 내 팔을 잡아당기며 일어났다. 내가 유미를 보고 씩 웃으며 고개를 끄덕였다. 배낭을 한쪽 구석에 챙겨놓고 거실로 나갔는데 아무도 안 보였다. 안방 문을 노크하니 이모가 나왔다. 이모 얼굴이 해쓱해 보였다.

"이제 일어났구나. 혜숙이는 나랑 같이 아침 먹고 극단에 나갔어. 너희들 밥 차려줄게."

"아침 먹고 배낭 챙겨서 바로 나가야 돼요. 저녁쯤에 부산 내려가려구요."

"내일 등교해야 되지?"

이모가 주방으로 갔다. 나는 방으로 가, 어제 AP레인 소속사의 전화번호를 적어둔 쪽지를 찾아 전화를 걸었다. 신호음이 들렸다. 1초 1초가 마치 한 시간처럼 길게 느껴지고 심장이 쫀득거렸다. 딸깍, 하는 소리가 들렸다.

"YOU 엔터테인먼트입니다. 무슨 일인가요?"

"안녕하세요? 저는 부산에서 온 성지나라는 학생인데요. 윤지완 오빠가 부르는 레인보우에 나오는 우산을 제가 갖고 있거든요. 그걸 좀 전해주려고요."

"그래요? AP레인 팬 맞아요? 음…."

소속사 직원은 한숨을 쉬며 시간을 끌었다. 뭔가 미심쩍어한다는 눈치가 느껴졌다.

"그 우산 말이죠?"

"네. 레인보우 노래에 나오는 우산요. 왜 그러는데요?"

"이런 전화가 많이 와요."

"네…."

"내가 받은 전화만 해도 몇 번 되는데 하나같이 레인보우에 나오는 그 우산이라 하면서."

"저는 거짓말 아니고 진짜예요. 일부러 부산에서 올라왔거든요."

"고맙긴 한데… 우리 소속사 입장에서는 무턱대고 받아줄 수 없는 입장이에요. 얼마 전에는 직원이 멋모르고 나갔는데 그 우산이 아니고 다이소 삼천 원짜리 우산이었다는 거죠. 그 사실을 윤지완 가수에게 얘기했더니 몹시 상처를 받았어요."

세상에, 다이소 우산을 진짜로 우기다니 어이가 없었다. 그렇게 해서 윤지완 오빠 환심을 사려 했단 말이지. 상처받았을 윤지완 오빠 생각하니, 마음이 아팠다. 그것도 나한테 원인이 있었으니 말이다.

"저는 진짜예요. 부산의 성지나라고 하면 알아요. 2년 전, 비 오는 날에 같이 우산 쓰고 가다 사정이 생겨, 제가 갖고 집에 갔다가 미처 전해주지 못했거든요. 확인해보세요. 이런 이야기를 아무나 할 수 있는 게 아닌데… 설마 안 믿는 건 아니죠?"

"그래요? 음… 암튼 매니저하고 통화해서 결정해야겠으니 학생 연락처를 좀 불러 봐요."

"네. 제 사정을 꼭 전해주셔야 해요. 제 번호는 010-234-○○○○
이에요. 오늘 저녁에 부산 가야 해서, 시간이 없거든요. 이름은 성
지나라고 합니다."

"좀 있다 연락할게요. 성지나 학생."

전화를 끊었다. 자초지종 설명을 해도 시원한 반응이 없으니, 이
러다 또 허탕 치는 게 아닌가 싶어 맥이 빠졌다. 뿌연 연기가 머릿
속으로 쉴 새 없이 들어차는 느낌이었다. 나는 철퍼덕 방바닥에 주
저앉았다.

"너희들 밥 먹고 있어. 내가 감기 기운이 있어 좀 들어가 쉴게."

이모가 방을 들여다보며 기운 없는 목소리로 말했다.

"이모, 많이 편찮으세요? 약 사다 드릴까요?"

내가 일어나며 이모에게 말했다.

"아냐. 좀 쉬고 나면 괜찮아져. 밥 먹고 있어."

"네. 우리가 다 정리할 테니, 들어가 쉬세요."

내가 식탁에 앉으니, 욕실에서 나온 유미가 마주 앉았다. 미역국
에 밥을 말아 후루룩 먹었다. 밥이 입으로 들어가는지 코로 들어가
는지, 신경은 온통 소속사에 가 있었다. 윤지완 오빠와 짧은 기간이
었지만 전화를 걸고 메시지를 주고받던 시절이 아련하게 그리웠다.

그 사이에 뭔가가 우리 사이를 갈라놓은 것이다. 승윤이 때문도
아니고 윤지완 오빠의 변심이나 이사 때문도 아니다. 같은 서울 하
늘 아래서 아득히 멀리 떨어져 있는 이 느낌은 뭘까? 그가 마치 하

늘의 구름이나 투명한 공기처럼 느껴지는 이 낯설고 이질적인 느낌은.

"너 밥 안 먹고 무슨 생각하는 거야? 전화 해봤어?"

유미의 말에 퍼뜩 정신이 들었다.

"어… 당근 했지. 세상에, 가짜 우산을 가지고 진짜라고 우기는 애가 다 있냐? 노래에 나오는 우산이라고 우겨서 소속사 직원이 나갔는데 다이소 싸구려 우산이었대."

"진짜 싸가지네. 저 우산 말고는 전부 가짜잖아. 그렇게 말해. 지나 너의 우산만이 진짜라고."

"맞아. 이 세상에서 내가 가진 것만이 진짜 윤지완 오빠 우산이야."

유미는 뭐가 그리 재미있는지 킥킥거리더니 다시 밥을 먹었다. 나는 밥을 먹으며 휴대폰을 열었다. 페이스북에 AP레인 콘서트에 관한 소식과 사진이 많이 올라와 있었다. 그중에서도 윤지완 사진이 제일 많았다. 그때, 전화기가 드르륵 떨렸다. 소속사 번호였다. 나는 음식을 재빨리 삼키고 전화를 받았다.

"성지나 학생 맞나요?"

"네. 맞아요. 소속사죠?"

"윤지완 매니저와 통화했는데 그 우산을 오후 세 시까지 소속사로 갖다 놓으라고 하네요. 여기 논현동으로 올 수 있겠어요?"

"네? 그게요… 그 때문에 일부러 서울까지 왔거든요."

나는 어이가 없어 말문이 막혔다.

"학생 미안한데, 사정이 좀 그래요. 매니저가 좀 바쁘고 해서…. 좀 갖다 줄 수 있겠지요?"

"거기가… 어딘데요?"

나는 울먹이는 목소리로 물었다.

"논현동으로 와서 전화하면 다시 위치 가르쳐 줄게요."

"논현동이라고요? 어떻게 해야 할지…. 암튼 세 시 전에 연락은 드릴게요."

전화를 끊고 나니 암담했다. 오리무중이나 아연실색이라는 말은 이럴 때 쓰는 건지 모른다.

"우리가 택배기사야, 퀵서비스 직원이야? 이러려고 저 우산을 들고 그 고생을 했냐? 지나 너한테 사정해서 우산을 받아가도 시원찮을 판에. 안 그래?"

"어, 뭐 그러네."

유미가 옆에서 들었는지 입술을 새 부리처럼 내밀며 성질을 부렸고 나 역시 얼버무렸지만 왠지 서운했다. 수저를 들었다가 밥이 더 이상 넘어가지 않아 그만 놓아버렸다.

"지나야 섭섭하지? 기운 내."

유미가 안타까운 표정으로 날 보며 말하고는 주섬주섬 식탁을 치웠다. 생각할수록 기분이 거지 같았다. 우산만 전해주고 부산으로 내려가야 한다면 나는 해명할 기회를 얻지 못한다. 윤지완 오빠가 나에 대해 평생 오해할 거라 생각하면 심장이 오그라든다. 우산에다 편지를 동봉해서 부치는 방법을 모르는 게 아니다. 오빠를 직접 만나는 것은 그 이상의 의미가 있다. 직접 얼굴을 보면서 해명을 하고, 답변을 들으며 서로 교감을 해야 명쾌한 마무리가 된다. 내 안의 헝클어진 서랍을 제대로 정리해야, 또 다음 순서를 진행해 갈 수가 있는 것이다. 무엇보다 지완 오빠를 직접 보고 싶었다. 꿈에도 그리는 그를 만날 수 있는 기회를 놓칠 수는 없었다.

"아, 슬프네. 지완 오빠를 만나야 해피엔딩이 되는데. 잘못하면 새드엔딩? 해피엔딩이냐 세드엔딩이냐, 그것이 문제로다."

유미는 심각한 표정으로 고개까지 갸우뚱거리며 나를 쳐다봤다.

"문제는 무슨?"

"맞아. 잘 될 거야. 힘내, 지나야."

"단지 우산만 직접 만나서 전해주고 싶은 거잖아. 왜 그것도 안 된다는 거야?"

내 목소리에 울음이 섞여 나왔다.

"너 소속사한테 상처받았구나. 하나님, 지나가 윤지완 오빠와 만나서 마음의 빚을 청산하게 하소서. 이 안타까운 만남을 이루어주소서. 하나님이 계시다면, 이 기도를 들어주소서."

유미가 말끔히 치운 식탁에 앉아 눈을 감고 두 손을 모은 채 말했다. 나는 피식 웃음이 나왔다.

"어젯밤에 꿈도 꿨는데 웬일이냐? 내 얘기 하다가 우리 잠들었잖아. 꿈을 꿨는데 지완 오빠랑 둘이 같이 만나서 차를 타고 어디로 갔어. 오빠가 나를 지그시 바라보는데 너무 설레고 얼굴이 달아올랐거든. 오빠가 내 볼을 살짝 꼬집잖아. 그 바람에 잠을 깼어."

꿈에 잠긴 듯한 표정으로 말하는 유미의 말을 듣고 있으니 마치 윤지완 오빠가 바로 옆에라도 있는 듯 느껴졌다. 눈을 지그시 감고 입술까지 샐쭉 벌어져 있는 게, 달달한 연애라도 하는 듯했다. 방금 친구를 위해 기도를 해놓고 윤지완 오빠와 함께 있는 상상을 하다니, 기가 막혔다.

"야, 정신 차려. 꿈 깨."

내가 유미의 뒤통수를 탁, 치며 말했다.

"아얏, 나는 뭐 꿈도 못 꾸냐? 성지나, 성질나."

"내 별명 부르지 마. 짱나 죽겠는데. 사실은 니가 더 윤지완 오빠 만나고 싶은 거잖아. 속 보인다. 진짜."

"그래. 질투나 죽겠거든. 어쩔래?"

"마음대로 해. 나 대신 저 우산 들고 윤지완 오빠 만나러 가던지."

나는 시무룩해져서 아무렇게나 말해 버렸다.

"우리 그냥 우산 들고 도로 집으로 갈까 보다."

유미가 내 얼굴을 쳐다보고는, 질투의 꼬리를 살짝 내리고 말했다.

"그래도… 어떻게 그래…."

나는 울음이 터져 나오려 했다. 어제 우산 때문에 우왕좌왕 고생했던 일이 눈에 선했다. 모든 노력이 수포가 된다는 생각에 맥이 탁, 빠지고 눈물이 질금질금 흘러나왔다. 이모가 놀랄 것 같아 살며시 일어나 욕실로 들어갔다. 물을 크게 틀어놓고 소리 내어 울었다. 눈물을 씻으려고 세수를 하고, 또 눈물이 주르륵 내리면 세수를 하고, 열 번쯤 하고 나서야 진정이 되었다. 양치질을 하고 머리까지 감고 욕실을 나갔다. 방으로 들어가 드라이어로 머리를 말리고 화장을 했다. 기분이 조금 나아졌다. 배낭을 챙기고 있으니, 유미가 방에 들어왔다. 10시 30분이었다. 유미도 외출 준비를 했다.

"서울 구경하다 두 시쯤에 소속사로 출발하면 되겠지?"

내가 기분을 풀려고 애써 웃으며 말했다.

"그래. 어디로 구경 갈까? 혜숙 언니에게 물어봐. 여기서 가까운 데로 가는 게 낫잖아. 서너 시간 보낼 수 있는 곳으로 말이야."

"맞아. 인터넷으로 찾아보는 것도 시간 많이 걸려. 물어보는 게 빨라."

"서울 구경하며 기분 풀자. 혹시 알아? 지나가 우산 갖다 준 거 나중에 알고, 지완이 오빠가 너한테 연락할지도 모르잖아. 설마 우산을 받고도 가만히 있겠어? 고맙다는 말은 할 거 아냐. 그때 네가 하고 싶은 얘기 전하면 되잖아. 어때?"

유미 얘기를 듣고 보니, 그것도 그럴듯했다. 부산에서 서울까지 와서 우산을 갖다 놓았는데, 모르는 척하지는 않을 것 같았다. 윤지완과 전화 연락이라도 된다면, 마음을 터놓고 얘기하면 될 것이다. 아쉽기는 하지만, 어쩔 수 없었다. 나는 유미를 보고 싱긋 웃으며 고개를 끄덕끄덕했다. 우리는 하이파이브를 했다.

혜숙 언니에게 전화를 걸어 물어보니, 경복궁이나 북촌한옥마을에 가보라고 했다. 경복궁은 수학여행 때 다녀왔으니 한옥마을로 가겠다고 나는 말했다.

"참, 지나야. 어제 소은이 봤는데, 오늘 어떻게 한번 만나봐야 하는 것 아냐? 이까지 왔는데. 학교에 나오라고 말이라도 해야겠지."

"그렇지. 좀 아쉽기는 해. 어떡하냐?"

"전화라도 해보자. 안 될 때 안 되더라도."

유미는 언젠가 담임한테 받았던 연락처 파일을 찾아보고, 소은이에게 전화를 걸었다. 신호가 가고 소은이가 받았다. 유미가 날 보더니, 손가락으로 O자 모양을 해 보였다.

"소은아, 나 유미야. 알겠니? 지나랑 서울에 왔어. 어제 콘서트장에서 너 봤거든. 오늘 잠시 우리 만날래? 너무 반가워서."

소은이가 말도 없이 전화를 그냥 끊었다. 유미가 아연한 표정으로 어깨를 으쓱했다. 내가 전화기를 받아, 문자를 찍었다.

> 🧒 소은아, 너 콘서트에서 봤는데 너무 멀어서 아는 체를 못 했어. 같이 콘서트도 봤는데 그냥 가려니 서운해서 말이야. AP레인 팬으로 우리 잠깐이라도 만날래?
>
> – 유미야, 반갑다. 그러면 잠깐 시간은 낼 수 있는데, 내가 어디로 가면 되는 거야?
>
> 🧒 11시 반까지 안국역으로 나올 수 있어? 우리 한옥마을 갈 거거든. 도착하면 다시 연락할게.
>
> – 그래, 알았어.

나는 폰을 유미에게 내밀었다. 유미가 문자를 보더니 환하게 웃었다. 외출 채비를 마치고 이모에게 인사한 다음, 집을 나왔다. 엘

117

리베이터 앞에 서 있는데 유미가 "우산!" 하고 말했다. 나는 깜짝 놀라서 다시 들어가 우산을 가져 나왔다. 이제 이 우산과 헤어질 시간도 얼마 남지 않은 것이다.

우리는 지하철을 타고 안국역에서 내려 북촌마을로 갔다. 입구에서 안내판을 읽어 보았는데, 북촌이란 청계천과 종로의 윗동네라는 말이었다. 일제강점기에 한옥 건물이 많이 지어졌다고 했다. 길이 한 가지만 있는 게 아니라 여러 갈래로 있었지만, 사람들이 많은 곳이 유명한 곳일 것 같아 그대로 따라갔다. 한복을 입은 외국인과 한국 사람들이 많이 보였다. 한국의 전통물건을 파는 상가가 많았고, 옷과 가방을 파는 가게도 눈에 띄었다.

"지나야, 저기 아이스크림 가게 보이네. 하나씩 사서 먹으면서 갈까?"

"와, 맛있겠다. 꼭 솔방울 같이 생겼네. 맛이 여덟 가지나 있어. 한옥마을 둘러보다 시간 되면 소은이 만나자."

"그래."

가게 앞에 붙여놓은 사진만 봐도 군침이 꼴깍 넘어갔다. 유미는 초코 앤 바닐라 맛, 나는 망고 맛을 골랐다. 우리는 하나씩 들고 먹으면서 골목을 올라갔다. 거의 다 먹었을 즈음에 전화가 울렸다. 모르는 번호였다. 나는 유미를 힐긋 보고 전화를 받았다.

"성지나 학생 맞나요? 윤지완 매니저라고 합니다."

심장이 콩닥콩닥했다.

"맞아요. 무슨 일인가요?"

"학생, 윤지완 가수가 이제 짬이 나서 직접 얘기를 해봤어요. 성지나 학생을 만나겠답니다. 마침 그 시간이 비어 있어서 세 시까지 소속사 근처에 있는 카페로 온답니다."

"정말요? 감사합니다. 어디로 가면 되죠?"

"그 우산 갖고 오는 건 확실하죠? 논현역 근처로 와서 전화하면 장소 알려줄게요."

"확실하죠. 부산에서 여기까지 들고 왔어요."

"잘 챙겨 와서 고마워요. 학생. 그럼 나중에 전화 꼭 해요."

"네 알겠어요. 감사합니다. 정말 감사합니다."

전화를 끊고 나니 몸이 딱딱하게 굳은 듯 움직여지지 않았다. 주변에서 사람들이 왁자하게 떠드는 소리 때문에 선명하게 들리지는 않았지만, 윤지완 오빠가 직접 오겠다는 것, 도착해서 전화하라는 말은 분명히 들었다.

"유미야, 지완이 오빠가 약속장소에 나온대. 니 꿈이 맞았어."

나는 두근대는 심장을 가까스로 가라앉히며 유미에게 말했다.

"정말? 거봐. 혹시 모른다고 했지. 내 기도가 통했어. 너, 나한테 고맙다고 해야 돼."

유미가 나한테 살짝 눈을 흘기며 말했다.

"알았어. 네 기도 덕분인가 봐. 이제야 안심이다. 너무 신나."

우리는 그 자리에서 얼싸안고 콩콩 뛰며 팡팡 웃었다. 이제야 고생한 보람이 빛을 발하고 있었다. 온 세상이 나에게 축복의 은가루를 뿌리고 그에 맞춰 내 몸의 세포들이 깃발을 마구 흔들어 대는 것 같았다. 우리는 약속이나 한 듯 윤지완의 '레인보우'를 부르며 걸어 갔다. 지나가는 사람들이 흘깃거렸지만 아랑곳하지 않았다.

유미가 햇살이 따갑다며 우산을 가져가 활짝 폈다. 왜 나는 우산을 한 번도 펼쳐 볼 생각을 안 했을까? 유미가 우산을 우리 머리 가운데로 오게 해서 들었다. 나는 고개를 슬쩍 올려 우산을 쳐다보았다. 연두색 바탕에 하얀 아치형 다리가 보였다. 나와 윤지완 사이에 놓인 다리 같이 느껴졌다. 마침내 저 다리를 건널 때가 된 것이다.

"와, 우산 그림 멋있는데. 비 올 때만 쓰냐? 따가운 햇살도 가려 주니 일석이조야. 크크."

유미가 고개를 치켜들고 우산을 쳐다보며 웃었다. 우산 속이 윤지완의 품속에 들어온 듯 포근하고 아늑한 느낌이었다. 나는 유미의 어깨에 팔을 얹고 씩씩하게 걸었다.

한옥마을에서

북촌한옥마을의 골목을 따라 우리는 올라갔다. 왼쪽에 헌법재판소가 있었다. 뉴스에서 많이 나온 곳이라 눈여겨보고 사진도 찍었다. 계속 걸어가니, 세종 때 좌의정을 지낸 맹사성의 집터가 보였는데 조정에서 퇴청하면 여기서 피리를 불었다고 했다. 한옥이 늘어선 골목길이 좁아 보였다. 한옥만 옹기종기 모여 있는 마을이 고풍스러워 보이고 신기했다. 경주와 전주에도 한옥마을이 있다고 들은 기억이 났다.

휴일이라 그런지 사람들로 북덕북덕했다. 우리는 길을 잃을까 봐 손을 꼭 잡고 걸었다. 전망대에 오를 때는 힘이 좀 들었지만, 서울 시내가 보여 속이 탁 트이는 느낌이었다. 우리는 전망대에서 기와 지붕이 오순도순 모여 있는 정경과 멀리 보이는 산을 바라보며 땀을 식혔다. 중학교 때의 친한 애들 넷이서 만든 단톡방에서 톡 소리가 연거푸 날아왔다. 내가 AP레인의 윤지완 오빠를 만나 우산을 전해줄 거라는 소식을 올렸던 것이다. 사진을 많이 찍어서 꼭 올려 달라는 친구, 부러워죽겠다는 친구, 윤지완 오빠를 꼭 한번 만나고 싶으니 자기 이름을 꼭 얘기해달라는 친구가 있었다. 나는 '오케이' 이모티콘을 찍어 보냈다.

소은이와 만날 약속 시각이 되어, 우리는 안국역 쪽으로 갔다. 2번 출구가 근처에 있어서, 소은이에게 2번 출구로 오라고 문자를 보냈다. 5분쯤 기다리자 소은이가 왔다. 소은이는 카키색 바지에 하얀 점퍼를 걸친 채 에코백을 메고 있었다. 보통 때처럼 화장도 진하게 하고 있었다. 소은이 옆에는 어떤 언니가 있었다. 유미가 우산을 끄고 손에 쥐었다.

"소은아, 잘 왔어. AP레인 콘서트장에서 너 봤어."

내가 먼저 말문을 열었다.

"반갑다, 너희들 보니. 내가 AP레인 팬인 거 몰랐어? 윤지완 광팬이기도 하지만."

소은이가 살짝 웃고는 입술을 꼭 다물었다. 유미와 내가 화들짝 놀란 표정으로 마주 보았다.

"그래? 우리도 윤지완 열혈팬이야. 그래서 콘서트장에서 만난 거겠지."

내가 놀란 표정을 보란 듯이 크게 지어 보이며 소은이에게 말했다. 유미와 내가 사람들 지나갈 수 있게 한쪽 모퉁이로 비켜서니 소은이도 따라왔다.

"참 너, 그날 점심시간에 들고 간 에코백은 어떡했냐?"

나도 모르게 그 말이 툭 튀어나왔다. 소은이 표정이 프라이팬의 계란처럼 서서히 굳어지더니, 나를 노려보았다.

"얘가 지금 뭐라는 거야? 연극 하는 거야 소설 쓰는 거야? 내가 뭘 들고 갔다고?"

그날, 소은이가 사라지고 반 아이들 물건들과 에코백이 사라져 난리가 났었다. 그래서 나도 모르게 에코백 얘기가 튀어나와 버린 거였다.

"그 에코백, 민지가 아끼던 거야. 선물 받은 거라 돌려줘야 할 텐데…. 내 미스트와 립밤, 유미 틴트도 그 안에 들어 있었을 텐데?"

소은이가 오리발 내미니, 속에서 열불이 홧홧하게 올라왔다.

"지나, 너 말하는 게 참 이상하다. 내가 들고 가는 것 봤어? 봤냐구? 증거 대 봐. 내가 들고 갔다는 증거를 대 보라구."

소은이가 벌게진 얼굴로 나에게 다가와 검지를 치켜세워 삿대질 하듯 대들었다.

"레알 어이없네. 그 에코백이랑 우리 화장품이 그래 탐났어? 탐 났냐고?"

나는 참을 수 없어 소은이를 확 밀며 말했다. 소은이가 바닥에 넘어지며 벽에 머리가 부딪쳤다. 옆에 있던 언니가 휘둥그레진 눈으로 날 노려보고는 소은이를 일으켜 주었다.

"너희들, 지금 뭐 하는 거야? 폭력이나 쓰고. 창피하지도 않아?"

언니가 높은 옥타브로 말했다.

"언니, 나 애들하고 할 얘기 있어. 언니 먼저 갈래?"

그 언니가 "알았어. 나중에 연락해." 하고는 뒤도 안 돌아보고 팽 가버렸다. 나는 유미 옆에 서서 씩씩거리며 가만히 서 있었다.

"지나가 널 밀친 건 잘못이지만, 솔직히 소은이 너도 잘한 것 없잖아."

소은이가 머리 쪽에 손을 갖다 댔다. 유미가 소은이 엉덩이 흙을 털어주려 하자, 소은이는 싫다는 듯 손을 내쳤다.

"유미, 너도 마찬가지네. 입은 비뚤어져도 말은 바로 해라. 아주 둘이 세트로 노는구나."

소은이가 눈을 표독스럽게 치켜뜨며 말했다.

"밀친 건 미안해. 머리 괜찮아?"

소은이 머리가 이상해질까 봐 더럭 겁이 난 내가 소은이에게 물었다. 소은이는 아무 말도 하지 않고 가만히 있더니 고개를 치켜들었다.

"괜찮아. 피라도 흘렸으면 좋겠냐? 너희들, 이러려고 날 불렀어? 대체, 왜 날 보자고 한건데?"

"무슨 말을 그렇게… 서울에서 반 친구 봤는데 얼마나 반갑냐? 널 보니까 순간적으로 그때 일이 생각난 거고."

나는 진심으로 소은이를 위하는 마음으로 말했다.

"그럼 다행이고. 삿대질 한 건 미안해. 나도 울컥 반가워서 여기 온 거지만."

"그래. 사과는 받아줄게."

"근데 지나야, 네 에코백도 아닌데 왜 지랄이야? 그것도 무슨 인류애냐? 미스트와 틴트는 또 뭐야. 난 너희들 쓰던 그까짓 싸구려 화장품 관심도 없거든."

소은이가 거만한 눈빛을 빛내며 거들먹거렸다.

"그래. 인류애 맞아. 난 기필코 밝혀야겠어. 어정쩡하게 넘어가는 것, 절대 용납 못 하거든."

국어 시간에 한 글짓기에서 내가 쓴 '인류애'라는 단어를 갖고 국어 샘이 아이들 앞에서 칭찬을 한 적이 있었다. 그 뒤로 걸핏하면 반 친구들은 나더러 인류애라 놀리고는 했다.

"소은이, 너 정말 끝까지 오리발 내밀 거냐?"

유미가 소은이가 한심하다는 표정으로 고개까지 절레절레 저으며 말했다.

"오리발이고 닭발이고 내밀 거라도 있음 나도 좋겠네. 나한테 그딴 것 빌려주기라도 한 적 있어? 너희 두 명이라도 난 겁 안 나."

소은이가 우리에게 바짝 다가서며 새된 목소리로 말끝에 잔뜩 힘을 주고 말했다.

"너 지금 입술에 바른 것, 내 잃어버린 틴트 색과 똑같네."

유미가 기습공격을 했다. 소은이가 주춤거리며 한 발 뒤로 물러나고는 어깨에 멘 에코백을 꽉 움켜쥐었다.

"너 갑자기 그 가방 왜 그렇게 꼭 잡냐. 그 에코백도 아닌데."

내가 빈틈을 놓치지 않겠다는 듯 소은이를 노려보며 말했다.

"… 뭐 그 틴트가 하나뿐이냐? 내가 샀다. 어쩔래?"

소은이가 말을 끝내고 가방을 열어 이리저리 뒤적거렸다. 그때 내가 유미에게 눈짓을 하고는, 가방을 확 밀쳐 떨어뜨렸다. 가방이 떨어지면서 속에 있는 것들이 쏟아졌고 열린 파우치에서 화장품들이 보였다. 소은이가 눈이 휘둥그레진 채 망연히 쳐다보고 있었다. 유미 것으로 보이는 로즈퓨레 색 틴트와 내 것으로 보이는 미스트가 분명히 보였다. 유미 것은 학급에서 1등을 탈환한 기념으로 아빠한테 선물 받았다는 입생로랑 틴트였다. Y로 시작하는 알파벳 상표가 선연히 눈에 들어왔다. 소은이가 설마 입생로랑을? 유미 눈동자가 틴트를 향해 꼿꼿해졌고 이마에 물결선이 어룽졌다. 3분의 2가 남아 있었던 내 미스트 역시 확실했다. 네임펜으로 이름을 써놓은 자리에 하트 스티커가 세 개 붙여져 있었다.

립밤은 어디 숨겼는지 보이지도 않았다. 속으로 웃음이 나왔다. 소은이 얼굴에서 당황하는 표정이 엷게 깔렸다. 우리 셋은 바닥에 널브러진 자잘한 화장품들과 서로의 표정을 살피며 탐색에 열중했다. 물증을 확인하려는 네 개의 눈동자와 들키지 않으려는 두 눈동자가 삼엄하게 교차하는 위기일발의 순간이었다.

"기가 막혀 말이 다 안 나오네. 유치한 애들이랑 상대하는 내가 바보야. 나 갈 거야."

팽팽한 긴장의 줄을 먼저 끊은 건 소은이었다. 소은이가 주섬주섬 화장품을 파우치에 챙겨 에코백에 넣고는 어깨에 멨다.

"소은이 너, 그 가방 무겁겠는데. 잘 갖고 다녀."

승자가 되었다는 데서 오는 자신감에 나는 우쭐거리며 말했다.

"걱정 마. 여기서 만난 건 반가웠는데 어쩔 수 없네. 바빠서 그럼…."

소은이가 내게 독수리 같은 눈으로 째려보고는 획 몸을 돌렸다.

"소은아, 우리는 좀 있다가 AP레인 윤지완 오빠 만날 거야. 이 우산 윤지완 오빠한테 전해줘야 하거든. 너 윤지완 광팬이라며."

유미의 말에 소은이가 놀란 표정으로 뒤돌아봤다. 유미가 의기 양양한 표정으로 우산을 손에 들어 보였다. 소은이를 그대로 보내 기 싫어하는 유미의 마음이 전해졌다. 나 역시 소은이를 욕하긴 했 지만 뭔가 할 얘기가 남은 듯 찜찜하기는 했다.

"뭐? 그게 윤지완 우산이라는 거, 확실한 증거가 있어? 니들이 뭔 데 윤지완 팔아먹냐?"

"아냐. 이거, 윤지완의 '레인보우'에 나온 그 우산이야. 벌써 약속 잡혀서 우리 좀 있다 그쪽으로 가야 돼. 윤지완 오빠가 직접 나온 다고. 오빠가 예전에 우리 동네 근처에 살았잖아. 지나랑 같은 교회 다니다 알게 되었고. 유명 아이돌을 카페에서 직접 만나는 건 꿈에 서도 일어나기 힘들걸."

유미의 진지한 표정에 마음이 흔들렸는지 소은이 얼굴에 잉크 방 울이 물속에서 번지듯 점점 호기심 어린 표정이 깔렸다.

"… 그게 정말이야? 잠깐, 우리 여기서 이럴 게 아니라, 목도 마른 데 음료수 마시면서 더 얘기해 보는 게 어때?"

소은이가 갑자기 미소를 띠며 정겨운 말투로 우리에게 물었다. 우리는 잠시 생각하며 눈빛을 교환하다 고개를 끄덕였다.

"지나, 너 아까 나 밀치면서 팔 아팠지? 미안해."

소은이가 내 옆에 찰싹 달라붙어 팔을 어루만졌다.

"넘어진 건 소은이 넌데, 내 팔이 왜 아프냐?"

"그래도…."

우리는 주스를 마시기 위해 걸어갔다. 소은이는 내 옆에서 계속 내 팔을 안마하듯 살짝 어루만지면서 걸었다. 윤지완 우산을 가지고 있는 덕분에, 특별대우를 받는 느낌이 나쁘지 않았다. 우리 셋은 가까이 보이는 주스 매점으로 들어갔다. 모두 자몽 바나나 주스를 시켰다. 소은이가 지갑에서 카드를 꺼내는 걸 보고 내가 먼저 만 원짜리를 내어 계산해버렸다. 그래야 소은이가 더 미안해할 것 같아서였다. 주스를 들고나와 모퉁이에 서서 마셨다.

"지나야, 주스 잘 마실게. 어쩌면 이 복잡한 서울 한복판에서 이렇게 만날 수 있냐? 보통 인연이 아닌 건 분명해."

소은이가 언제 싸웠냐는 듯 얼굴에 미소를 담뿍 드리우고 사근사근한 목소리로 우리를 번갈아 보며 말했다. 나는 유미와 어이없다는 눈빛을 교환했다.

"그러게. 그것도 두 번씩이나…."

내가 마지못해 응수했다.

"나, 나쁜 애 아냐. AP레인 콘서트 간 것 보면 몰라. 윤지완 열혈 팬이라서 음반도 샀고 굿즈도 많아. 오늘 윤지완 만나서 우산 전하기로 한 것 진짜야?"

"당근이지. 지나 폰에 소속사에서 온 통화 내역 있어. 사실은 말이야…."

유미가 나와 소은이를 번갈아 보며 말했다.

"잠깐. 소은이 너 지금 윤지완 이름으로 은근슬쩍 넘어가겠다는 거냐? 함부로 윤지완 이름 들먹거리지 마라."

내가 유미의 말 중간에 끼어들어 엄포를 놓았다.

"소은아, 그때 일은 확실히 하고 넘어가자. 그래야 우리가 너랑 편하게 얘기를 할 수 있는 거야. 안 그러면 우리, 너랑 더 이상 얘기 못 해."

유미의 말에 소은이가 아무 말도 않고 눈을 내리깔고 있었다. 침묵이 일 분 정도 흘러갔다.

"… 그래. 그럼 뭐 그랬다고 쳐. 너희 둘을 내가 어떻게 이기겠어? 내가 사과할게. 이것도 너희들한테 다 돌려줄게."

뭔가 비장한 결심이라도 한 듯, 소은이의 표정에 결기가 느껴졌다. 소은이는 에코백 파우치에서 틴트와 미스트를 꺼내 우리에게 돌려주었다. 나와 유미는 고개를 끄덕이며 받았다. 콘서트가 위력을 발휘했고 윤지완이 우리 세 사람을 한마음으로 끌어안고 화합시키는 듯했다. 원래 도둑질이라면 나는 질색이었고 소은이를 봐도 아는 척도 안 했을 거다. 그런데 이상했다. 윤지완 매니저에게 그 전화를 받은 뒤로, 소은이 도둑질 정도는 대충 넘어갈 수도 있게 되었다. 그리고 훔쳐 간 물건을 돌려주었으니, 소은이를 더 욕할 수 없었다.

"좋아. 이렇게 나오니, 기분이 좋아지네. 사과도 받아줄게. 그런데, 내 립밤은 어떻게 했어?"

"뭐? 립밤? 지나야 미안해. 그거, 다 썼어. 너무 마음에 들어서 계속 쓰다 보니… 다음에 사주면 안 될까?"

"아냐. 됐어."

그건, 윤지완으로부터 받은 거라는 말이 올라왔지만 삼켜버렸다. 나도 아까워 못 쓰고 감추어 둔 건데 소은이가 다 써 버렸다니, 기가 막혔다. 하지만 어쩔 수 없었다. 소은이가 나와 유미를 번갈아 포옹하며 날아갈 듯한 표정을 지었다.

"소은아, 너 아까보다 훨씬 당당하고 멋져 보인다. 마음의 빚을 털고 나니 기분 좋지?"

"그건 그래. 그거 정말 윤지완 가수의 우산 맞아? 지나 네가 어떻게 우산을 가지고 있는 건지 물어봐도 돼?"

"너, 그게 궁금해서 우리하고 주스 마신 거지?

"… 맞아. 헤헤."

내가 묻는 말에, 소은이가 실죽 웃으며 말했다.

"2년 전에 지완 오빠와 지나랑 같은 교회 다니면서 알고 지낸 사이라고 했잖아. 지나가 우산 안 들고 가서 지완 오빠가 씌어주었대. 같이 우산 쓰고 가다 어떻게 지나가 보관하게 되었거든. 이거 한번 만져볼래?"

유미의 말에 소은이가 우산을 가져가 손잡이를 만지작거리며 탐색하듯 이리저리 살펴보았다.

"와, 손잡이가 레알 따뜻하네. 왜 이런 거야? 마술 우산이야?"

"지완 오빠 우산이니까 특별한 거지. 이걸 우리가 지금 들고 있다는 게 무엇보다 중요한 팩트야."

"인정. 완전 인정."

내가 유미의 말에 맞장구치자 소은이의 눈이 점점 휘둥그레지며 부러운 시선으로 나를 골똘히 바라보았다.

"나도 윤지완 팬인데 거기에 나도 끼면 안 될까?"

소은이가 손바닥을 마주 비비며 애교 섞인 표정으로 말했다. 잠시 침묵이 흘렀다. 소은이를 용서했다고 윤지완과의 만남에 동참시키는 건 별개의 문제였다. 나는 고민에 빠졌다. 여기서 소은이를 만나게 될 줄, 누가 알았나. 유미가 의미심장한 눈빛으로 나를 쳐다봤다. 우르르 떼 지어 오는 걸 윤지완이 싫어할 수도 있다.

"윤지완도 팬들이 오면 좋아할 거야. AP레인이 '팬들이 있기에 우리가 존재한다.' 뭐 이런 말도 했다잖아. 같은 고향이라서 특히…."

소은이의 말을 들으니, 그것도 그럴듯했다. 고향 동생들이라 반가워할 수도 있을 것이다. 무엇보다 소은이가 좀 불쌍해 보였다. 자존심을 죽이고 우리한테 사정하는 모습이 애절해 보였다. 더구나 소은이 역시 윤지완의 열혈 팬이라 AP레인 음반도 갖고 있고 굿즈사 모은 것도 많다고 했다. 그러면 자격으로는 충분하겠지. 하지만, 무조건 받아줄 수는 없었다. 중요한 건 그거였다.

"너, 오늘 우리랑 부산 내려가는 거지? 집에 들어가고 등교도 하겠다고 약속해. 그래야 같이 갈 수 있어. 우리 반 담임한테 너 만난 것 얘기해야 하는데 우리 입장도 생각해봐. 뭐라고 말해야 되냐고.

한옥마을에서

나 절대 거짓말 못 해."

"…."

내 말에 소은이는 인상을 찌푸리고 아무 대답도 안 했다.

"집에서 너 걱정하는 가족들도 생각해봐. 얼마나 가슴 졸이겠어? 너도 마음이 편하지는 않잖아. 안 그래?"

유미가 단호한 표정으로 나무라듯 말했다. 소은이 표정이 움찔하더니, 고개를 아래로 내리깔았다.

"알았어. 같이 내려가. 내가 양보했다."

뜸을 들이던 소은이가 응답을 했다.

"정말 잘 됐다. 그건 양보가 아니라 너 자신을 위한 거지. 이제 우리 같이 행동하는 거다."

유미가 학생에게 훈계하는 샘처럼 말하자, 소은이가 눈물을 갈쌍이며 히죽 웃었다. 눈물과 웃음이 동시에 묻어난 소은이 얼굴이 조금 낯설었다. 우리 셋은 같이 하이파이브를 하며 흐뭇하게 웃었다. 시계를 보니, 열두 시 삼십 분이었다.

"아, 배고파. 한옥마을 돌아다녔더니 다리도 아프네. 우리 밥 먹으러 갈까?"

"맞아. 말을 많이 했더니 배터리가 다 나갔어. 충전 좀 해야겠다."

유미의 힘없는 목소리에 내가 맞장구쳤다. 소은이랑 싸워 그런지 진짜 에너지가 몽땅 소진된 느낌이었다.

"인정. 정서여고 1학년 3반 셋이 서울에서 만난 게 어디냐. 기념으로 밥 먹어야지. 헤헤."

소은이가 싱글벙글 웃으며 말했다. 근처의 식당을 찾으려고 주변을 두리번거리니, 돈가스집이 보였다. 유명한 관광지에다 휴일이라 기다리는 줄이 길었다. 10분쯤 기다려 겨우 자리를 잡았다. 외국인들이 많이 보였다. 우리 셋은 돈가스를 시켰는데 모두 배가 고파 한동안 먹느라 아무 얘기도 하지 않았다. 소은이는 나와 유미 얼굴을 쳐다보며 간간이 웃음을 지었다.

"너 서울에는 언제 온 거야? 어제는 어디서 잤고?"

배가 좀 부르자, 내가 궁금증을 쏟아냈다.

"서울 온 지 며칠 되었어. 아까 그 언니와 가까이 지내. 잠도 언니 집에서 잤고."

"잘 지내고 있었네. 우리는 얼마나 걱정했는데."

"나중에 내가 얘기할게. 그런데 윤지완 가수는 어디서 만나?"

"윤지완 가수? 그렇게 말하니 이상하다. 우리는 그냥 지완 오빠라 부르는데. 좀 있다 논현역으로 가야 돼. 세 시까지."

"그래? 나도 그럼 지완 오빠라 부를게. 나에게 이런 일이 생기다니 정말 꿈만 같네."

소은이는 밥을 먹다 말고, 무슨 생각을 하는지 멍 때리는 표정으로 앉아 있었다. 나는 유미와 마주 보며 살짝 미소를 지었다. 아까는 소은이가 교실에서 했던 도난 행각이 생각나, 도저히 같이 갈 마음이 안 났는데. 소은이의 아련한 표정을 보니 내 결정이 맞았다는 생각이 들었다.

"소은아, 다 먹은 거야? 어서 먹어. 서둘러야 돼."

133

"그래. 마저 먹을게. 여기 돈가스 진짜 맛있지?"

소은이 목소리가 물기에 약간 젖은 것처럼 들렸다. 우리는 남은 밥을 알뜰히 먹었다. 집 밖에서는 돈을 주고 사 먹어야 하고 또 언제 밥을 먹을지 알 수 없어 함부로 남기면 안 된다는 생각이었다. 사이다로 입가심을 했다. 유미가 폰으로 논현역 가는 길을 검색했다.

"지하철 타고 다시 버스로 환승해야 돼. 택시 타면 만 원 정도 나오겠는데. 우리 그냥 택시 탈까? 셋이 나누면 크게 부담스럽지도 않고…. 그러면 시간도 좀 벌 수 있잖아."

유미의 말에 내가 엄지를 치켜들자, 소은이도 엄지와 검지로 동그라미를 만들어 보였다. 복잡한 거리를 다니며 사람들과 부대끼고 실랑이를 벌여 다들 얼굴에 지친 표정이 역력했다.

"시간이 좀 남았다면, 저기 있는 정독도서관에 가서 좀 쉬자. 시간 맞추어 바로 택시 타면 되잖아."

내 말에 유미와 소은이가 동시에 고개를 끄덕였다.

"참, 소은이 짐을 갖고 와야 같이 부산으로 내려가지. 소은아, 언니한테 전화해서 여기로 갖다 달라고 하면 안 될까?"

유미가 소은이를 향해 다정한 목소리로 물었다. 마치 언니가 여동생한테 타이르는 듯한 말투였다.

"나중에. 구질구질하게 그딴 짐이 뭐 중요하다고."

"뭐? 너 정말 이럴래? 내려간다고 한 거, 거짓말이지?"

소은이가 딴소리를 하자, 속에서 열불이 올라온 내가 따졌다.

"아 쏘리 쏘리. 내려가려고 했어. 전화하면 되잖아."

그제야 소은이가 찡그린 인상을 풀고 살랑살랑 눈웃음을 치며 말했다. 소은이는 우리와 조금 떨어져 전화를 걸었다. 몇 차례 대화를 주고받은 뒤 전화를 끊고 소은이가 엄지와 검지로 동그라미를 그려 보였다. 우리는 안도의 한숨을 내쉬며 정독도서관으로 갔다. 입구 안내문을 보니, 1900년 조선에 하나밖에 없던 중학교였는데 경기중학교에서 경기고등학교가 되었다가 1977년에 도서관이 되었다고 했다. 학교처럼 보이는 큰 건물이 도서관이고 운동장은 앞마당이 되어 널찍했다. 등나무 벤치가 보여서 우리는 그곳에 앉았다. 배낭을 내리고 우산을 걸쳐놓고 나니, 다리가 무지근했다. 나는 다리를 이리저리 주물렀다. 유미는 눈을 스르르 감고 있었다. 윤지완과의 꿈을 이어가려는가 싶어 헛웃음이 나왔다. 소은이는 눈을 말똥말똥 뜨고, 생각에 잠겨 있었다. 풀 향기를 실은 바람이 내 머리칼을 스치자 나도 살짝 눈을 감았다.

소은이의 코스프레

"학교도 결석하고 집에도 안 가고 그럼 그날 어디로 갔어?"

유미의 말소리에 나도 모르게 눈을 떴다.

"찜질방. 인터넷으로 찾아보니 찜질방에서 자는 게 안전하면서 싸다고 되어 있더라고."

"세상에! 거기 안 무서웠어?"

내가 눈을 커다랗게 치켜뜨며 소은이를 향해 물었다.

"AP레인 노래가 있으니, 하나도 무섭지 않았어. 외롭지도 않았고. 늘 노래를 들으며 지냈거든."

소은이는 그게 뭐 대수냐는 듯 심드렁하게 말했다.

소은이가 AP레인의 노래 '더 섀도(The Shadow)'의 한 구절을 흥얼거리자, 우리도 같이 불렀다. 어느새 윤지완이 우리 셋 안으로 쑥 들어온 느낌이었다. 그 덕분에 우리 셋은 이렇게 다정하게 나란히 앉아 있는 거였다.

"집에 무슨 일 있었어? 누구와 싸우기라도 했냐고?"

유미가 노래를 끊고 걱정스러운 표정으로 물었다.

"그게… 음, 우리 할머니 진짜 이상한 분이야. 엄마와 나만 미워하고, 남녀 차별은 또 얼마나 심하다고. 열 받아 못 견디겠어."

금방 억울한 일이라도 당한 듯, 소은이 얼굴이 금세 불그죽죽했고 나는 측은지심을 느꼈다.

"할머니랑 사는 거야?"

"응, 사실은… 우리 부모님… 헤어졌거든."

소은이가 키득거리며 웃었다. 명랑한 웃음이 아니라, 누군가를 비웃는 듯한 차가운 웃음이었다.

"소은아, 우리 부모님도 헤어지셨어. 난 엄마랑 둘이서 살아."

내 얘기에 소은이가 나를 골똘히 쳐다보더니 갑자기 슬픈 표정이 되었다. 나는 아차 싶었다. 엄마와 함께 사는 게 부모와 모두 떨어져 사는 소은이에게 상처를 안겨줄 수도 있겠다는 생각이 든 것이다.

"소은아, 할머니들 중에 남녀 차별하는 분들은 많아."

유미가 진지한 표정으로 말했다.

"그렇겠지. 할머니도 점점 기력이 없어지는데, 한창 자라날 아이 두 명을 건사하기가 힘에 부치겠지. 근데 아빠에게는 아무 말 않고 엄마에게만 화살을 돌리는 게 이상하잖아. 아빠는 자식이라 그러는 거잖아. 거기다 할머니는 옛날 사고방식으로 걸핏하면 남동생은 대를 이을 자식이라고 반찬도 더 챙겨주고 그런다. 엄마를 닮은 나를 보면 엄마 생각이 나는지, 화를 내기가 일쑤였어. 할머니랑 함께 사는 집이 꼭 지옥 같다니깐."

소은이가 예전 생각에 말을 하다 말고 입술을 부르르 떨었다.

"소은이 힘들었겠다. 오죽했으면….'

내가 소은이 어깨에 팔을 두르고 안아 주며 말했다.

"한번은 할머니한테 대들었어. 왜 엄마를 그렇게 미워하냐고 난리 쳤어. 내 정신이 아니었지. 할머니가 기함을 하더라. 은혜도 모르는 막돼먹은 년이라고. 그게 그 전날이었어. 집을 벗어나고 싶은 마음이 굴뚝같았어. 그날, 점심시간에 집으로 가니 아무도 없었어, 옷가지와 필요한 물건들을 챙겨 캐리어에 넣어 찜질방으로 가 버렸지. 날 찾지 말라는 메모를 냉장고에 붙여놓고."

말을 마친 소은이가 넘어갈 듯 한참을 큰 소리로 웃어젖히다가 갑자기 흐느끼는 소리가 들렸다. 작지만 서럽고 구슬픈 울음소리가 바람을 타고 흩날렸다. 우리는 양쪽에서 소은이 등을 다독거려주었다. 조금씩 울음소리가 잦아들었다. 그토록 당당하던 소은이와 눈물 흘리는 소은이, 과연 어느 쪽이 진짜인지 헷갈렸다.

"소은아. 힘들어하지 마. 우리가 있잖아. 응."

유미가 티슈를 꺼내 소은이 눈물을 닦아주며 말했다.

"내가 집으로 가려는 건 동생 민성이가 걸려서야. 엄마, 아빠도 안 계신데 하나 있는 누나까지 없는 집에서 얼마나 쓸쓸하겠어. 지금도 자꾸 문자가 와. 빨리 오라고. 동생은 착하고 날 잘 따르거든. 우리끼리라도 뭉쳐야 한다는 걸 알게 됐어."

울음에 섞인 소은이 목소리가 아련하게 흘러나왔다.

"그럼, 동생도 외로울 텐데… 이제 우리랑 같이 부산 내려가 등교해야지. 할머니도 이번에 많은 생각을 했을 거야. 그래도 힘든 일 있으면 우리가 할 수 있는 만큼 도와줄게."

의리 많은 유미가 다정한 목소리로 말했다.

"그래. 친구가 있잖아. 혼자 해결하려고 하지 말고."

내가 맞장구치듯 거들어주자 소은이가 무표정하게 고개만 살풋 끄덕였다. 원수같이 싸우던 우리가 몇 시간 만에 다정하게 얘기를 나누는, 의리의 삼총사가 되었다. 마술 같다는 생각이 들었고 믿기지가 않았다. 뭔가가 우리를 조종이라도 하는 걸까?

"그럼, 엄마는 아예 못 만나는 거야?"

유미가 측은지심의 표정으로 소은이를 보며 물었다.

"우리 엄마, 초등학교 졸업식 때 오셨어."

"그게 정말이야?"

유미와 내가 동시에 말했다. 우리는 마주 보고 웃다가 기어이 하이파이브를 했다.

"졸업식 마치고 운동장에서 사진을 찍을 때였어. 아무리 기다려도 할머니가 안 오시는 거야. 나는 친구들과 몇 번 찍다가 혼자 우두커니 담벼락에 기대 서 있었어. 그때 선글라스와 모자를 쓴 멋쟁이 여자가 다가왔어. 가까이 온 여자가 선글라스를 벗었는데 엄마였어. 짙은 화장에 옷차림도 화려해서 못 알아보겠더라. 깜짝 놀라 그만 엄마 품에 안겨 엉엉 울음을 터뜨렸어. 나중에 엄마와 사진을 찍고, 민성이랑 셋이서 피자집에도 갔지. 돌아갈 때는 우리에게 용돈도 많이 주었어. 그때가 엄마의 마지막 모습이었는데….”

아래 도로에서 시끄러운 사람들 소리가 들렸다. 단체 관광객들이 중국말로 떠드는 소리였다. 한참 있으니 그 소리가 바람처럼 쓸려가고 도서관 마당은 다시 정적에 휩싸였다.

소은이의 빨개진 눈을 보니 여러 생각이 머릿속에 스쳐 갔다. 교실에서 튀는 행동으로 아이들과 샘들의 간을 들었다 났다 하는 소은이지만, 자기 얘기를 하는 동안은 진중하면서도 숙연했다. 정말 그 소은이가 맞는가 싶을 정도였다. 나는 곤혹스러웠다. 소은이가 얘기를 털어놓는 것을 계속하게 해도 될까, 하는 우려였다.

“소은아, 너 힘들면 얘기 안 해도 돼. 우리가 괜히 얘기시키는 것 같아서….”

유미가 내 마음을 알았는지, 먼저 말을 꺼냈다. 역시 베프는 뭔가 통하는 모양이다. 나는 유미를 보며 손가락으로 O자를 보냈다.

“아냐. 예전에는 진짜 말도 꺼내기 싫었는데 이제 괜찮아. 시간이 좀 흐르고 나니 아무것도 아닌 것 같아. 얘기하니까 홀가분하기도 하고.”

“좋아. 소은아, 이런 얘기도 해 주니까 우리가 친한 친구가 된 것 같아. 서로 고민거리 툴툴 털어놓으면 걱정이나 슬픔도 사라지는 법이거든.”

내 말에 소은이가 배시시 웃었다. 오랜만에 보는 소은이의 웃음이었다.

"맞아. 누구에게든 내 얘기를 이렇게 말한 적이 없어. 갑자기 내가 딴사람이 된 것 같고 색다른 기분이 느껴져. 왜 이런 거지?"

"분위기가 그렇게 만든 거지. 우리 사이에 어떤 공감대가 만들어졌다고나 할까."

유미가 눈을 가늘게 뜨고 웃으며 말했다. 내가 엄지 척을 하며 거들었다. 소은이 얘기를 들으며, 가족이란 어떤 것인지 곰곰이 생각해봤다. 엄마, 아빠와 같이 살지 않고 할머니, 고모와도 가족처럼 살 수 있다는 것을. 꼭 핏줄이 아니어도 상관없을 것이다, 함께 모여 살기만 하면 그게 가족이 될 수도 있지 않을까. 단, 서로를 존중하고 배려하는 마음이 있어야 한다.

"가끔 엄마의 모습을 떠올렸어. 짙은 화장의 엄마 얼굴. 엄마는 예전과 다르게 살고 싶었고 누구의 눈에도 띄고 싶지 않았을 거야. 그런 엄마를 이해하게 되면서 나도 화장을 하기 시작했어. 아빠가 준 카드로 화장품을 사들였어. 주말이면 화장을 꼼꼼히 하고, 사복을 입고 시내 번화한 거리를 돌아다녔어. 아마도 어디선가 엄마를 마주치더라도 나를 못 알아보게 하려는 심정이었을지도 몰라. 엄마는 집에서 함께 사는 가족이지, 길에서 우연히 만나는 사람이 아니잖아. 진짜 우연히 만났다면 기분이 엿 같았을 거야."

소은이 얘기를 듣자, 나 역시 목에 묵직한 것이 들어찬 느낌이었다. 만약 아빠를 길에서 만났다면 내 심정도 그랬을 테니깐. 길에서 만나, 반갑게 인사하는 건 가족 아닌 다른 사람과 하는 행동이다. 가족은 집에서 함께 살아야 하고, 외출을 하든, 어디로 가든 훤히 꿰뚫

141

고 있어야 하는 것 아닌가.

아빠는 내 생일이 다가오면 나에게 연락을 한다. 식당에 함께 가서 맛난 음식을 먹고 선물을 사준다. 지금 입고 있는 이 후드점퍼도 백화점에서 함께 고른 것이다. 아빠는 떨어져 살지만, 나를 늘 생각한다며 아빠가 옆에 있다는 걸 잊지 말라고 했다. 그렇게 하면 아빠의 역할을 다한다고 생각하는 걸까.

"맞아. 나도 그래. 길에서 만약 아빠를 만나면 내가 먼저 도망갈거야."

소은이가 내 말이 위로가 되었는지 갑자기 얼굴에 생기가 돌았다.

"한번은 외출했다 집에 왔다가 안방에서 할머니와 고모가 얘기하는 걸 엿듣게 되었어. 고모가 말했어. 오빠가 조카들 잘 키우라고 전셋집을 넘겨주었는데 그 돈을 빼서 들고 가는 게 말이 되냐고. 엄마를 원망하게 된 게 그때부터였어. 언젠가 돌아올 거라 생각했는데 그 희망이 물거품이 되는 것 같았거든. 엄마는 이미 작정을 하고 우리 곁을 떠난 거였어."

"소은이 충격이 컸구나."

"그때부터 내 마음대로 살기로 작정하고 아이들 물건에 손을 댔어. 이상하게 남의 물건들을 쓸어 담으면 스트레스가 해소되는 기분이었거든. 내가 뭔가를 해낸 느낌이고."

"뭐? 아무리 전에 그랬다 해도 이제는 안 돼. 우리 서로가 지켜야 하는 약속이잖아."

유미가 타이르듯이 말했다.

"알았어. 이제 그러지 않을게. 가만히 생각해보니, 엄마 기억이 나쁜 것만 있는 게 아니더라고. 어렸을 때, 내가 아플 때는 엄마가 밤새 열이 펄펄 나는 나를 간호해 주셨어. 언뜻언뜻 그런 기억들이 떠오르면서 엄마가 어쩌면 지금도 날 사랑하고 있을지 모른다는 생각이 들더라. 단지 멀리서 지켜볼 뿐이지만. 그래서 함부로 살아선 안 되겠다는 생각이 드는 거야."

"맞아. 나도 그렇게 생각해. 언젠가 만날지도 모르는 거고. 그럼, 아빠는 집에 안 오셔?"

내가 고개를 끄덕이며 물었다.

"몰라. 난 관심 없어. 카드에 돈만 넣어주면 되거든."

"아까 그 언니랑 같은 동호회라고 했지. 뭐 하는 모임이야?"

소은이 표정이 싸늘해지는 것을 보고, 유미가 화제를 돌렸다.

"이 가방 로고가 우리 동호회 '달리' 로고야. 언니가 한번은 코스튬플레이어 하러 다니지 않겠냐고 물어보더라. 그 동호회를 인터넷으로 우연히 알게 되었는데 같이 가입하자는 거야. 나도 그 언니 따라 코스튬플레이어 회원이 된 거지. 한 달에 한 번씩 지역을 돌아가며 모임을 갖고 행사를 여는 거야. 3학년 때 시작했으니 이제 1년이 지났네. 사실 이번 코스 마치고 집으로 가겠다는 예감이 있었는데 이렇게 되었네. 너희들이 그 계기를 만들어 준 거야. 고마워."

"코스프레? 애니메이션 인물로 분장하는 거잖아. 재미있겠다."

"내가 한 것 중에 최고는 겨울왕국의 '안나'였어. 그 언니는 '엘사'

였고. 우리에게 가장 기억에 남을 캐릭터였지. 우리가 환상의 콤비였다고 갈채를 받았어. 너희들은 모를 거야. 나, 소은이가 아닌 누군가로 변신할 수 있다는 게 얼마나 큰 대리만족과 행복감을 안겨주는 일인가를. 난 코스에 참가하면서 정말 배운 게 많아."

유미와 나는 놀라운 표정을 지으며 입을 딱 벌렸다. 아픔을 겪으며 세상을 빨리 알아버린 걸까. 암튼 소은이가 허심탄회하게 풀어낸 이야기를 들으며 우리는 좀 더 가까워지고 친밀해지고 있었다. 한순간의 모습만 보고, 그 사람의 인격을 판단해버리는 건 경솔한 행동이었다.

그때, 소은이가 "언니!" 하며 불렀다. 아까 보았던 언니가 배낭을 메고 오는 모습이 보였다.

"소은이 너, 부산 내려가려고?"

언니가 가까이 오자 배낭을 건네주며 소은이에게 물었다.

"친구들과 내려가려고. 조금 전에 화해했어."

"그래. 잘 생각했어. 안 그래도 쫓아내려고 했는데 잘 되었네."

"언니, 그동안 고마웠어. 나중에 연락할게."

언니가 우리에게 손을 흔들며 뒤돌아 가더니, 곧 다시 왔다.

"너희들 좋은 친구들이네. 소은이 잘 부탁해. 이제 싸우지 않겠다고 약속해라."

"언니, 걱정 말아요."

유미가 그 언니에게 웃으며 씩씩하게 말했다. 언니가 고개를 끄덕이더니, 뒤돌아 바삐 걸어갔다. 소은이는 폰을 열어 코스프레 사진들을 우리에게 보여주었다. 노랗게 염색한 긴 머리를 땋아 내리고 자주색 드레스를 입은 소은이가 딴 사람 같았다. 소은이에게는 일인이역을 하는 소은이가 공존하는 거였다. 아니, 이렇게 집을 나와 여기저기 떠돌며 할머니와 부모님께 반항하는 미션이 소은이에게는 진짜 코스프레인지 모른다. 세상이라는 사막을 힘겹게 건너는 코스프레를 소은이는 매일 연습하고 있는 것이다. 나는 소은이가 누구보다 단단한 아이가 될 거라는 믿음이 생겼다.

"유미야, 너는 코스프레 한다면 뭐 하고 싶은데? 나는 '미츠하'를 하고 싶어. '너의 이름은' 영화에서 남자와 여자를 넘나드는 배역, 오잉 환상적인데."

내가 양팔을 가슴 앞에서 엇걸어 잡고 황홀한 표정을 짐짓 지으며 말했다.

"글쎄. 난 아직 잘 모르겠어. 나 말고 다른 뭔가로 변신한다는 건 매력 있지만 지금의 내가 좋아. 현재의 유미가 마음에 드는데. 헤헤."

소은이와 내가 '우' 하며 장난 섞인 야유를 유미에게 보냈다. 유미가 우리를 향해 손사래를 쳤다. 폰을 열어보니 일어설 시간이었다.

"가자, 시간이 다 되었네. 저기 가서 택시 타자."

"와, 드디어 우리의 우상, 윤지완 오빠를 만나러 가는구나."

"벌써부터 가슴이 두근댄다. 왜 이리 떨리냐?"

우리는 차례로 한마디씩 내뱉으며 자리에서 일어나 택시를 타러 허적허적 걸어갔다. 나는 왼손으로 우산을 꼬옥 쥐었다.

아이돌 가수 윤지완

차도로 나와 기다리니 잠시 후, 택시가 왔다. 우리는 뒷좌석에 나란히 앉았다. 내가 안쪽 창가에, 유미가 가운데, 소은이가 문 쪽에 앉았다. 소은이가 나에게 우산을 좀 만져보고 싶다고 하여 나는 웃으며 건네주었다. 소은이는 조심스럽게 만지며 자기 얼굴에 비벼보기도 했다. 논현동으로 가는 동안, 세 사람 사이에는 침묵만이 천천히 훑고 지나가는 느낌이었다. 곧 만나게 될 윤지완에 관한 생각에 잠겨 있는지도 몰랐다. 열한 시에 만나 세 시간 넘게 다투며 얘기하는 동안, 감정 에너지가 다 소비되어 버린 것이다. 차창으로 높은 빌딩과 아파트들이 보였고 도로가 복잡한지 택시는 자주 멈추어 섰다. 어쨌든 나는 서울여행의 정점을 향해 달리고 있었고, 마지막 클라이맥스를 하나 남겨놓고 있는 처지였다. 흐뭇하면서도 심장이 발랑거렸다. 우산은 핑계일 것이다. 윤지완 머릿속에 남아 있을

지도 모르는 나에 대한 나쁜 이미지, 그게 문제였다.

윤지완이 떠난 후, 내 감정은 늘 습기에 젖은 마분지같이 너덜너덜했고 아무리 햇볕을 쬐여도 뽀송해지지 않았다. 그에 대한 내 마음은 변함없는데, 본의 아니게 어그러졌다. 좋은 사람, 좋은 관계란 어떤 것일까. 소은이처럼, 마음과 마음이 만나면서 좋은 관계가 새로 만들어지면 좋은 사람이 된다. 풀렸다 엮이고 다시 풀리기도 하는 것, 사람들 사이에는 늘 예상 못 하는 상황이 끼어든다. 그래서 서로 조심하고 존중하면서 소중한 관계를 이어가야 하는 것이리라.

옆에서 유미와 소은이가 속닥거리는 소리가 들렸다. AP레인 공연에 관한 이야기였다. 소은이는 윤지완이 레인보우를 부를 때, 눈물이 났는데 그 우산을 우리가 들고 가게 될 줄은 꿈에도 몰랐다며 흥분된 어조로 말했다. 소은이 손에 우산이 꼭 쥐어져 있었다. 내가 소은이 얼굴을 지그시 바라보았는데. 아직 꿈에서 못 깨어난 듯한 눈빛이었다. 소은이와 눈이 마주치자 히죽 웃어주었다. 20분이 후딱 지나가 택시가 섰다. 우리는 인도로 걸어서 건물 모퉁이에 섰고 나는 매니저 번호를 찾아 전화를 걸었다.

"지나 학생, 도착했어요? 논현역 주변에 보면 아르테라는 카페가 있어요. 길 찾기 할 줄 알죠? 거기서 기다리고 있어요."

매니저가 친절하게 말했다. 나는 알았다고 하면서 친구 두 명과 같이 있겠다고 말했다. 빌딩 사이의 골목 안으로 들어가 음식점 사이에 큰 카페가 보였는데 아르테, 라고 적혀 있었다. 우리는 카페 안으로 들어갔다. 일요일이라 그런지 한적한 분위기였다. 손님이 있

아이돌 가수 윤지완

는 곳은 두 테이블뿐, 한산했다. 한쪽 벽이 담쟁이 넝쿨로 뒤덮여 있었고 큰 나무들이 많아서 공원같이 느껴졌다. 따스하고 엷은 햇살이 부드럽게 창으로 들이치며 커피 향과 어우러져 안온한 분위기를 만들었다. 모든 긴장과 들뜸이 저절로 그 속으로 가라앉을 것 같았다. 나는 마음이 편안해졌다. 카페 종업원이 연락받았다며 '세미나실'이라고 적힌 곳으로 우리를 안내했다. 우리만의 오붓한 공간이었다. 자리에 앉자 유미와 소은이는 파우치에서 손거울을 꺼내 들여다보며 머리를 쓰다듬고 틴트를 덧발랐다. 나는 피식 웃었다.

"너도 거울 봐."

유미가 가만히 있는 나를 보고 말했다. 나는 가방에서 파우치를 꺼내 화장실을 찾아 들어갔다. 도중에 화장실을 가는 것보다 미리 다녀오는 게 낫겠다는 생각이 든 것이다. 화장실을 나와 거울 앞에서 얼굴을 봤다. 얼굴에 긴장이 배어 있었고 몰골이 말이 아니었다. 수돗물을 손에 묻혀 옷의 먼지도 툭툭 털어내고 머리를 손으로 매만진 다음, 파우더와 틴트를 발랐다. 조금, 봐줄 만했다.

윤지완을 만났을 때 지을 표정을 만들어봤다. 입꼬리를 부드럽게 올리고 어금니를 살짝 물어 웃었다. 어깨를 똑바로 펴고 그윽한 눈빛을 지었다. 난 고개를 끄덕였지만 곧 한숨을 쉬었다. '왜 하필이면 인기 아이돌이야, 칫!' 나는 혼잣말로 중얼거렸다. 여전히 콩닥거리는 심장에 손을 살며시 갖다 댔다. 심호흡을 몇 번 하고 나니 마음이 좀 가라앉았다. 카페로 가니, 두 친구는 여전히 거울을 보고 있었다. 웃음이 피식 흘러나왔다.

"우리, 사진 많이 찍어두자. 친구들한테 자랑해야지. 지완 오빠하고 함께 나오는 사진 꼭 찍어줘. 알았지?"

"나도야. 민성이하고 동아리 친구들한테 자랑하고 싶다."

유미의 말에 이어 소은이도 거들었다.

"얘들아, 안 될 거야. 유명 가수가 팬들과 찍은 사진이 SNS에 올라온다면 소속사는 난처할 것이 분명해. 모두 사진 찍으려는 팬들의 성화가 빗발치듯 올라올 거고. 소속사가 그런 걸 용납하겠어?"

내 말에 두 친구는 갑자기 풀이 죽은 표정으로 날 쳐다봤다. 내가 싱긋 웃었다.

"아무튼, 유명 가수가 한 사람의 팬을 위해 시간을 내는 게 쉽지 않은데 윤지완 오빠가 얼마나 나를 생각하는지, 알겠지?"

의기양양한 내 말에 두 친구는 기대감과 질투가 잔뜩 어려 있는 표정으로 날 노려봤다. 5분 정도 시간이 흘러 세미나실 창으로 윤지완과 매니저로 보이는 남자가 같이 들어오는 것이 보였다. 화장기 없이 모자를 눌러쓰고 선글라스를 썼지만 나는 단박에 알아챘다.

"윤지완 오빠다."라고 내가 소리쳤다. 잠시 후, 윤지완이 세미나실로 들어섰다. 유미와 소은이는 얼떨떨한 표정으로 못 믿겠다는 표정으로 가만있었다. "야, 진짜 맞아?", "아닌 것 같은데."라며 작은 소리로 말하는 게 들렸다. 윤지완 오빠가 검지를 입술에 갖다 댔다. 주변이 소란스러울까 봐 그러는 것 같았다. 매니저는 다른 테이블에 앉았는지 보이지 않았다. 윤지완이 우리 세 사람과 차례로 악수를 했다. 우리 맞은편 자리에 앉으며 윤지완은 안경과 모자를 벗었다. 윤지완의 본 얼굴이 드러났다. 유미가 "진짜네. 난 몰라. 어머머."
하며 어쩔 줄 몰라 했고, 소은이는 두 눈이 휘둥그레진 채 양손으
로 두 볼을 감싸 쥐고는 수줍은 눈빛으로 가만히 쳐다보고 있었다.

"안녕!"

"안녕하세요?"

윤지완의 인사에 우리 셋이 동시에 답인사를 했다.

"지나, 많이 컸네. 몰라보겠어."

"어머, 지완 오빠가 네 이름 불렀어. 어떡해. 어떡해."

유미가 작은 소리로 호들갑을 떨었다. 난 심장이 쫀득거려 무슨
말을 해야 할지 감이 잡히지 않았다. 내 몸은 얼어붙은 듯 꼿꼿해
졌고 얼굴에 열기가 피어오르는 게 느껴졌다. 나는 입술을 깨물며
용기를 냈다.

"오빠… 이런 모습으로 다시 만나게 될 줄이야. 정말 대단해."

유미와 소은이는 얼굴이 발그레한 채 윤지완에게서 눈을 떼지
않았다.

"저는 장유미라고 해요. 지나랑 공연 보려고 금요일에 서울에 올
라왔어요. 이렇게 뵙게 되어 영광이에요."

유미가 수줍은 표정으로 자기소개를 했다. 소은이는 이슬에 젖은
눈으로 윤지완과 나를 번갈아 보기만 했다.

"이 애는 임소은. 우리 반 친구인데 오늘 만나서 같이 오게 되었
어. 우리 모두 AP레인 열혈 팬이야."

내가 소은이를 가리키며 말했다. 윤지완이 우리 셋을 번갈아 보며

흐뭇한 미소를 지었다. 그때 종업원이 들어와 차 주문하는 것을 도와주겠다고 했다. 우리 세 사람은 블루베리 라테를, 윤지완은 카페 라테를 주문했다. 윤지완이 치즈 케이크 세 조각을 추가 주문했다.

"암튼 반가워. 고향의 팬들을 만나니, 기분 좋은데. 고향에 돌아온 느낌이야."

"그동안 TV로만 죽 봤는데, 생방송을 직접 보니 완전 감동 먹었어요. 음악, 노래라는 세계가 이토록 영혼을 흔들 수가 있다는 생각을 예전에는 못했거든요. 신비한 체험이었어요."

유미가 또록또록한 목소리로 윤지완을 보며 말했다.

"윤지완 오빠가 노래할 때, 저는 울컥했어요. 목소리가 너무 좋아 감미로운 느낌이었어요."

소은이가 작고 떨리는 목소리로 얘기했다. 윤지완은 고개를 끄덕끄덕했다.

"나도 그랬어. 공연 내내 심쿵했고. 오빠 표정 하나하나가 다 보였는데 지금까지 본 공연 중 짱이었어."

내가 떨리는 목소리로 말했다. 종업원이 차와 케이크를 가지고 왔다. 우리는 배가 출출하던 차에 케이크를 잘라 먹고 블루베리 라테를 홀짝홀짝 마셨다.

"참, 우산이 마술을 부리던데. 오빠가 손잡이 한번 만져 봐. 서울 와서 알았어."

나는 나만 알고 있는 비밀을 말하듯 은근하고 자랑스러운 표정으로 얘기했다.

아이돌 가수 윤지완

"어디 보자. 지나가 잃어버리지 않고 잘 보관해주어 고맙다는 말 먼저 하고 싶네. 여기까지 와서 전해준 것도 고맙고. 이런 우산일 줄 이제 알았구나. 그동안 사용을 안 해 봐서 그런 거야. 손잡이는 만지는 시간이 오래되면 저절로 따뜻해지거든. 자, 잠시만. 내가 더 큰 마술을 보여줄게. 짜잔."

윤지완이 우산을 만지작거리며 손잡이를 돌리고 우산을 켰다. 연 둣빛 우산이 활짝 펴지며 글자에 보라색 불이 들어왔다.

For you forever

우리는 동시에 입이 딱 벌어졌고 눈이 휘둥그레졌다. 손잡이를 돌린 다음, 우산을 펴면 글자에 반짝반짝 불이 들어와 보이는 것이 다. 밤에는 더욱 환하게 빛을 낼 것 같았다. 글자를 바라보는 우리 눈동자가 별처럼 반짝거렸다.

"엄마가 아주 특별한 우산을 유산으로 남겨주셨지. 암튼 좋아. 우 산 찾아서 너무 기분이 좋아. 하하."

윤지완이 호탕하게 웃으며 우산을 높이 머리 위로 치켜들었다. 우리는 일제히 폰을 들고 사진을 찰칵찰칵 찍었다.

윤지완이 우산을 접어 의자에 걸쳐두었다. 우리는 제 자리에 앉 았다.

"우산도 구경했고. 너희들, 뭐 궁금한 것 있으면 뭐든지 물어봐. 아는 데까지 말해줄게."

"하루에 연습을 얼마나 하세요?"

"언제, 가수가 되고 싶다는 생각을 했어요?"

"가수가 되고 나서 제일 좋은 게 뭐라고 생각해?"

차례로 질문이 쏟아졌다. 윤지완은 커피잔을 내려놓았다.

"음, 생각나는 대로 얘기할게. 연습은 그때그때 다르긴 한데. 평균적으로 열 시간 정도야. 주말은 공연을 하기도 하고 자유시간이 주어져. 초등학교 5학년 때 처음으로 음악을 하고 싶다는 꿈을 가졌어. 가수 되고 나니, 나한테 많은 팬이 생기고 콘서트에서 열광하는 모습을 보면 내가 대단한 존재라는 생각이 들어 뿌듯해지더라. 예전에 이런저런 음악영화를 봤는데 가수들이 참 멋있게 보였어. 너희들 '위대한 쇼맨'이라는 영화 봤어?"

우리는 모두 고개를 가로저었다.

"그 영화를 보면서 무조건 노래를 부르겠다고 결심했어. 감동적이었어. 영화에 나오는 OST도 부를 수 있지. 기회 되면 불러 볼게."

우리가 노래를 불러 달라고 졸랐다. 윤지완이 나중에 마칠 무렵에 잠시 짬을 내겠다고 했다.

"오빠는 밤하늘에 있는 많은 별 들 중에 가장 빛나는 북극성 같아요. 우리는 가까이 다가가고 싶어도 안 되는데… 그래서 이런 시간이 꿈만 같아요."

소은이가 조용히 읊조리듯 말했다.

"아니야. 나는 그냥 밤하늘 은하수에 묻혀 있는 작은 별, 이름 없는 별이야. 사실 너희들도 별이잖아. 우리는 전부 하나의 별이지.

아이돌 가수 윤지완

단지, 조금 빨리 빛을 내고 있을 뿐이지. 너희들은 나보다 더 반짝거릴 거야. 하하."

우리는 가만히 고개를 주억거렸다. 모두 가슴속에 빛나는 별을 조심스레 심고 있는 표정이었다. 그때, 내가 배낭을 열어 선물 꾸러미를 꺼냈다. 남대문시장에서 샀던 티셔츠였다.

"이거, 오빠 선물…. 마음에 들었으면 좋겠는데…."

"오, 지나가 선물까지 준비하고. 고마워. 열어봐도 돼?"

"당근…!"

윤지완이 포장지를 풀어 티셔츠를 꺼냈다. 우리에게 보란 듯 활짝 펼쳐 보였다. 우리가 환성을 질렀고 윤지완이 흡족한 듯 웃으며 고개를 끄덕였다.

"아껴서 잘 입을게. 하하."

"그 옷 입을 때마다 우리 지나 생각나겠네요."

유미가 부러운 표정으로 윤지완과 나를 번갈아 보았다.

"아마도…."

윤지완이 머쓱한 표정으로 어깨를 으쓱했다. 유미가 소은이에게 눈짓을 하더니 두 사람이 같이 일어났다. 유미가 일어나며 바깥 구경을 좀 다녀오겠다며 소은이의 손을 이끌고 나갔다. 유미가 뒤돌아보더니 날 보며 윙크를 살짝 했다.

너의 우산

윤지완과 나만 남았다. 내가 그를 물끄러미 바라보자, 그도 나를 보며 싱긋 웃었다.

"어, 친구들이 왜 같이 나가는 거야?"

윤지완이 고개를 갸웃거리며 물었다.

"글쎄. 우리 둘이 얘기하라고 그러는 것 같은데…."

나도 고개를 갸웃거리며 말하자, 윤지완이 고개를 끄덕였다.

"그럼, 우리 2층으로 갈까? 테라스가 있거든. 조용해서 좋아."

윤지완이 일어나자 나도 얼결에 일어나 따라갔다. 2층으로 올라가니, 테라스가 있었고 아무도 없어 조용했다. 세미나실은 창이 없어 답답했는데, 테라스는 앞이 탁 틔어 가슴이 뚫리는 느낌이었다. 빌딩 사이로 산도 조금 보였다. 윤지완은 이 시간에 여기 와 봤을까. 자리에 앉아 탁자에 손을 올리니 윤지완이 슬그머니 내 손을 잡았다. 손의 온기가 심장까지 전달된 듯 온몸이 녹진해지는 느낌이었다. 윤지완이 나를 빤히 바라보고 있어, 쑥스러워 시선을 다른 데로 돌렸다. 얼굴이 화끈 달아오르고 심장이 두방망이질 쳤다.

"지나, 선물까지 준비하고 우산 들고 왔는데 못 만났으면 어쩔 뻔했어? 정말 다행이야."

"서울 와서 우산 잃어버린 적도 있어. 유미와 내가 고생한 것, 말도 못 해. 그래서 오빠 만난 게, 아직도 꿈만 같거든."

"그랬구나. 나도 지나 만나서 너무 기뻐. 꿈 아니니까 마음껏 즐겨. 내 얼굴도 실컷 보고."

나는 윤지완을 힐긋 보고는 고개를 살짝 숙였다. 음악이 바뀌어 영화 라라랜드의 O.S.T 'Another Day of Sun'이 흘러나왔다. 이전에 함께 봤던 영화였다. 나는 영화 장면을 떠올리며 슬며시 아련해졌다.

"우리가 같이 봤던 영화네, 감동적이었는데…. 끝나고 시간 가는 줄 모르고 영화 얘기 했잖아."

윤지완이 지난 기억을 떠올리듯 혼몽한 표정으로 말했다.

"그래. 마치 그때 영화 보는 기분이야. 지금이…."

나는 윤지완과 함께 영화 볼 때의 기억이 오버랩되어 마치 시간의 마술에라도 걸린 듯 헷갈렸다. 대체 그동안 무슨 일이 일어났으며 나는 여기 왜 앉아 있는 건가. 머릿속이 하얗게 탈색된 느낌이었다. 귀가 윙윙거리고 현기증이 일어 잠시 눈을 감았다. 윤지완과 같이 찍은 셀카 사진, 커플링 했던 손의 사진, 마지막으로 교회를 마치고 봤던 그의 매몰찬 표정이 두서없이 머릿속을 맴돌았다. 윤지완이 '지나야, 지나야!' 부르는 소리가 아득하게 들려왔다. 나는 눈을 번쩍 뜨고 정신을 가다듬었다.

"지나, 괜찮아?"

"잠시 어지러워서. 이제 괜찮네."

"서울 와서 힘든가 보네. 오늘 내려가면 괜찮아질 거야."

"이제 좀 괜찮아. 오빠 노래에 우산이 나와서 너무 반가웠는데, 혹시 내가 보관하고 있는 우산이 아니고 다른 우산이면 어떡하나 하고 걱정했거든. 시간이 흘렀으니 또 다른 사연이 생겼을지도 모르고…. 그런데 콘서트에서 그 우산은 엄마의 유품이라고 하는 말을 듣고 얼마나 안도했는지. 내내 롤러코스터 타다 마침내 정지된 기분… 오빠는 이해 못 할 거야."

"하하, 그랬구나. 내가 마음고생을 많이 시켰네. 나한테는 지나뿐인데…."

'나한테는 지나뿐인데…'라는 윤지완의 말이 내 가슴 깊숙이 들어와 회오리쳤다. 이 한마디가 이틀 동안 여기저기 다니며 피로해진 내 몸과 마음을 따뜻이 보듬는 느낌이었다. 나는 그 말을 곱씹으며 슬며시 속으로 미소를 지었다. 그런데도 내 몸은 더 뻣뻣이 굳어지는 것 같았다. 한동안 침묵이 우리 사이를 지나갔다. 라라랜드의 음악이 계속 흐르고 있었다.

"오빠, 이런 질문 해도 될는지 모르겠지만… 오빠가 서울 올라가고, 나 엄청 충격받았어. 연락도 되지 않는 데다가 오빠가 나를 이상한 아이로 오해한 것 같아서. 나 살도 찌고 마음고생 심했거든. 승윤이가 오빠와 오빠의 엄마 소문을 이상하게 퍼뜨려 상처받았지?"

"그래? 기억도 안 나는데. 승윤이가 누군데? 걔랑 친했어?"

"진짜 모르는 거야? 설마. 오빠 소문 퍼뜨린 애 말이야."

"어느 날, 우리 반 아이가 날 조용히 부르더니 얘기하더라. 2학년 애들이 내 얘기하고 다닌다는 거야. 그래서 무슨 얘긴가 알아냈지. 엄마 얘기 하는 것도 기분 나빴지만 내가 장님이 될 거라는 둥, 여학생 여러 명을 사귀고 다닌다는 둥 뒷담화가 많은 거야. 오디션 정보 때문에 몇 명 만난 것뿐인데."

윤지완이 바깥으로 시선을 던졌다. 나도 덩달아 밖을 바라보았다. 맑았던 하늘이 어느새 흐려져 있었고 건물들이 희뿌옇게 보였다. 어둠이 가까이 다가오고 있었다.

"정말 미안해. 내가 그 애한테 오빠 얘기를 하지 말았어야 하는데…. 사실 오빠를 알고 지내는 게 너무 신나고 자랑스러웠어. 그 애한테 좀 으스대고 싶었거든. 그러다 나도 모르게 그만… 승윤이를 믿은 게 내 잘못이었어. 승윤이는 초딩 때 반 친구인데 그 애 엄마랑 우리 엄마가 학부모 계모임을 계속했거든."

"그렇구나. 나도 초딩 때 친했던 여학생 있었어. 편하다 보면 이런저런 얘기 나눌 수 있는 거지."

"이해해줘서 고마워. 나에게는 믿을만한 친구라 생각했는데 약속을 안 지키고 떠벌린 거지. 그래서 헤어졌어."

"음, 사실 처음에는 나도 상처를 좀 받았어. 모두 나를 이상한 눈으로 보는 것 같았거든. 서울로 서둘러 간 것도 그 때문일 거야. 그래서 너한테 작별인사조차 내키지 않았어. 어쨌든 지나가 내 얘기를 했기 때문에 그런 소문이 도니까 기분이 불쾌한 게 사실이었어. 서울 와서 기획사 일정에 따르다 보니 지나간 일을 조금씩 잊게 되더라고."

"그때 많이 힘들었겠네. 이제 다 잘 될 거야."

"오늘 지나 만나니, 그 일이 우리에게 소중한 경험이 된 것 같아. 비가 내린 뒤에 땅이 굳는다는 속담이 있듯이 말이야. 데뷔 후에 부산에 내려간 적이 있었어. 교회 전도사를 만났지. 가수가 된 이야기를 한동안 하다 지나 얘기가 나왔어. 지나도 교회에 나오지 않는다며, 나 때문에 충격을 받아 힘들게 보낸다는 얘기를 하더라고. 나는 그때 마음도 그렇고 시간도… 여유가 없어서 짐만 좀 챙겨 서울로 갔거든."

"그래? 부산에 왔었구나. 오빠 서울 가고 나도 교회 못 나갔어. 오빠한테 오해 풀게 해 달라고 하나님한테 기도 엄청 했는데 기도를 안 들어준 것 같아 원망도 많이 했는데…."

윤지완이 고개를 젖히며 큰소리로 웃음소리를 냈다.

"지나가 소문을 내려고 한 게 아니라는 그 말이 그때야 진심으로 느껴지는 거야. 아무한테나 얘기할 지나도 아니고. 그래서 지나와 인사를 못 나누고 올라온 게 마음에 걸리고 사과를 하고 싶었지. 부산 내려갔을 때 지나를 만날 용기는 없었지만 내 마음속에 지나를 좋은 추억으로 남겨놓고 싶었어. 그런 내 마음을 '레인보우'에 담았지. 노래를 듣고 내 마음을 알아채기를 바랐는데….”

내 추측이 맞았다. ‘레인보우’의 가사는 윤지완이 내게 전하는 메
시지였다. 기분이 날아갈 것 같았다. 양 볼에 열기가 모이는 것 같
아, 나는 고개를 살포시 숙였다. 마음 한쪽의 헝클어진 서랍이 일
목요연 정리되고 그 안에서 예쁜 목걸이라도 발견한 기분이었다.
어느새 내 두 눈에서 따뜻한 물기가 차오르고 목울대가 묵직해지
는 느낌이었다.

“자, 그런 의미에서 내 명함 줄게. 지나, 나한테는 영원한 친구라
는 의미야.”

윤지완이 명함과 볼펜을 꺼내더니 이름 옆에 사인까지 해서 나
에게 내밀었다.

“정말? 얏호! 이게 명함… 나, 이런 거 처음 받는데. 유명 아이돌
가수 명함을 내가 갖게 되다니, 참으로 영광이옵니다.”

나는 윤지완에게 고개를 꾸벅 숙인 다음, 한 손에 들어오는 직사
각형 종이를 뚫어지라 쳐다봤다. 윤지완이 실죽 웃었다. 빳빳하고
광택이 흐르는 종이에 윤지완 사진이 보이고 소속사 이름과 메일
주소, 연락처 등이 적혀 있었다. 나는 명함을 후드 재킷 주머니 안
에 넣었다.

“오빠, 전화해도 돼? 아니다. 그건 안 되겠지. 카톡은 보내도 되
겠지?”

“물론이지. 전화해도 돼. 바쁠 때는 못 받을 수 있을 거야. 메시
지를 짧게 보내도 이해해주길 바라. 늘 시간에 쫓기니까 말이야.”

"당근. 난 오빠가 '지나야' 불러주기만 해도 너무 행복할 거야. 친구들한테 마구마구 오빠 자랑하고 싶은데, 그러면 안 되겠지. 소문 잘못 나면 안 되니까."

"그래. 그렇게 배려해주면 고맙겠어. 그래도 우리는 서로의 마음속에 늘 있을 거니까."

윤지완의 눈이 빨개져 있었다. 나도 덩달아 울컥해지려는 걸 애써 눌렀다.

"내가 조심할게. 이제는 실수하지 않을 거야."

내가 가슴 앞에서 양손을 맞잡고 기도하듯 흔들어 보이자, 윤지완이 씩 웃으며 고개를 끄덕였다.

"재작년, 비 오는 날에 우산 얘기하며, 내가 옆에 있어 달라고 말한 적 있었지? 그 생각은 지금도 변함없어."

윤지완이 그 말을 했던 때가 떠올랐다. 가수가 되면 바로 앞 좋은 자리에서 지켜봐 달라고 했던 말. 초청을 받고 가지는 못했지만, 윤지완의 노래를 좋은 자리에서 들었고, 지금 나란히 앉아 이야기를 나누고 있는 것이다. 2년 만에 우리가 나누었던 꿈같은 얘기가 현실이 되어 버린 것이다.

"오빠. 고마워."

"그날의 우산 때문에 또 이렇게 만나게 되었네. 하하."

"그 우산은 특별한 마법이 걸려 있는 것 같았어. 우산 손잡이를 만지면 손이 따뜻해지는 게… 우리 몸에 절로 온기가 차오르고, 마음까지 따뜻해지면서 서로 화해시키는 마법이 있는가 봐."

161

"하하. 지나 제법인데. 의미를 색다르게 만들어 내다니…."

"글자에서 빛을 발하는 것도 신기했어. 암튼 우산 덕분에 우리 친구들을 서울에서 뭉치게 하고, 오빠까지…."

나는 갑자기 감정이 격해져, 말을 끝맺지 못했다. 내 눈에서 눈물이 또르르 흘러내렸다. 윤지완이 호주머니에서 손수건을 꺼내더니 내 눈물을 닦아주었다. 머릿속이 하얗게 비워지고 내 몸이 종이처럼 가벼워져 붕 위로 떠오르는 것 같았다.

"이런, 괜찮아 지나야. 다 잘 되었어."

"미안해. 좋은 날에 눈물이나 보이고…. 오빠, 가수 데뷔한 것 알았을 때 만약 오빠가 옆에 있었다면 나 오빠를 덥석 안아 주었을 거야."

"그럼 지금 날 안아 줄 수 있어?"

윤지완이 장난기가 어린 표정으로 물었다. 난 부끄러워 고개를 저었다.

"하하. 더 얘기하고 싶지만 시간이 없구나. 그럼 안으로 들어갈까…."

우리는 카페로 들어와 1층 세미나실로 왔고 윤지완은 매니저가 앉아 있는 테이블로 갔다. 언제 왔는지 유미와 소은이가 앉아 있었고 나를 보더니, '우' 하는 소리를 작게 질렀다. 잠시 후, 윤지완이 하늘색 포장지에 싼 선물을 세 개 들고 왔다. 새 음반과 사진 굿즈라고 했다. 우리가 환성을 지르며 받아들었다.

"안아 줘. 안아 줘."

유미와 소은이가 동시에 손뼉까지 치며 소리를 질렀다. 윤지완이 나를 포옹해야 한다는 거였다. 그는 주변을 두리번거리며 당황스러운 표정을 지었다. 유미와 소은이가 계속 손뼉을 치자 그가 씨익 웃으며 나를 포옹해 주었다. 그리고 유미와 소은이도 한 번씩 안아 주었다.

"지완 오빠, 그 '레인보우' 노래 들으면 왠지 슬퍼져요. 오빠 감정이 그대로 나에게 오는 느낌이 들거든요. 노래 부를 때도 혹시 슬픈 느낌이 들어요?"

유미가 갑자기 생각난 듯이 물었다.

"물론이지. 가수가 몰입이 안 되면 팬에게도 전달이 안 돼. 연기를 하듯, 영혼이 춤추듯 노래해야 되거든."

우리는 가만히 고개를 끄덕였다.

"우리가 유명 가수와 같이 차를 마실 기회가 더 이상 안 올지도 모르는데 윤지완 오빠랑 사진 좀 많이 찍어두면 안될까요?"

소은이가 포기를 못 하겠는지 간절한 표정을 지으며 부탁했다.

"사진 찍어도 다른 데 올리면 윤지완 오빠가 좀 곤란해지잖아. 그렇지? 그래서 안 되는 거지."

내가 소은이와 윤지완을 번갈아 보며 말하니, 윤지완이 씨익 웃었다.

"그렇게 이해해주면 고맙겠어. 그게 원칙이라서. 그 대신 어떤 얘기라든가 질문 있으면 들어줄게. 할 얘기 있으면 해 봐."

소은이가 샐쭉한 표정으로 고개를 숙였다.

"가수가 되기까지의 역사라고나 할까. 뭐 어떤 얘기라도 좋아요. 오빠에 대한 얘기 듣고 싶어요."

유미가 우리를 둘러보다, 윤지완을 보며 또렷한 목소리로 물었다. 윤지완은 잠시 우리를 바라보았다.

"나는 늘 말이 없고 조용한 소년이었어. 초등학교 때 엄마가 돌아가셔서, 검은 옷을 많이 입어 블랙티라고 불리었지. 차츰 내 마음이 안정을 찾을 무렵, 지나와 알게 되어 몇 번 산책도 같이 다니고 영화도 보러 갔고…. 그 무렵이 내 정서가 가장 촉촉했을 때라고 기억해. 음악 준비도 열심히 하고 있었고. 돌아가신 엄마가 나에게 음악의 영감을 불어 넣으신 것 같아. 음악을 듣고, 노래를 부르면 고여 있는 슬픔이 따뜻이 녹고 혼자서도 살아갈 힘이 생기는 것 같았거든. 날마다 노래를 부르고 춤도 추면서, 예전의 상처를 이겨낼 수 있었지. 가수가 된 것도 운이 좋았어. 오디션에 한 번에 합격했거든. 하늘에 계신 엄마가 응원해 주신 덕분일 거야. 이런… 내 얘기만 너무 늘어놓은 것 아냐? 하하, 자 이제 너희들 얘기도 해봐."

꿈을 꾸는 듯, 약간 졸리는 상태로 윤지완의 목소리가 아득하게 들렸다.

"오빠 얘기 들으면서, 느낀 건데. 힘든 시기를 이겨내면, 더 큰 축복이랄까, 하여튼 크게 성장한다는 생각이 들어. 그동안 힘들었지만, 오늘 큰 선물이 나에게 온 것처럼…."

내가 말을 마치자, 윤지완이 미소를 지으며 고개를 끄덕였다.

"소은이? 음악은 언제부터 좋아했지?"

윤지완이 소은이를 보며 조심스럽게 물었다. 소은이가 수줍게 우리를 보며 웃었다.

"저는 노래가 있으면 외롭지 않아요. 기운도 생기는 것 같아요. 아이돌 가수를 좋아한 건, AP레인이 처음인데…. 오빠를 보면 꿈을 이룰 수 있다는 자신감이 생겨요."

유미와 내가 엄지 척을 해주었다. 윤지완이 어리둥절한 표정으로 어깨를 으쓱했다.

"그게 그렇게 대단하냐? 하하."

윤지완이 흐뭇한 표정으로 우리를 바라봤다.

"유미는?"

"어제 공연을 보고 오늘 지완 오빠를 직접 만난 것, 잊지 못할 추억이에요. 음악의 세계에 대해서 다시 생각하게 되었어요. 내 정신세계가 더 넓어졌다고 해야 하나, 암튼 이번에 세상을 보는 안목이 확 달라진 느낌이 들어요."

우리는 유미의 말에 고개를 끄덕여주었다.

"오빠, 그 노래 이제 들려줘."

내가 시계를 보며 말했다. 친구들이 "맞아요." 하며 추임새를 넣었다.

"사실, 여기서 곤란하긴 한데…. 영화 '위대한 쇼맨'에 나오는 O.S.T이고 제목은 'Rewrite the stars'. 잭 에프론과 젠다야가 불렀지. 시간도 없고… 조금만 불러 볼게."

윤지완이 목소리를 가다듬더니, 작은 소리로 노래를 불렀다.

You know I want you. It's not a secret I try to hide

I know you want me, So don't keep saying

Our hands are tired. You claim it's not in the cards

But fate is pulling you miles away. And you're here in my heart

(너도 내가 널 원한다는 걸 알잖아. 내가 숨기려 해도 다 알고 있는걸

너도 날 원하고 있다는 거 알아. 그러니 안된다고 자꾸 말하지 마

세상이 우릴 갈라놓고 있다고 믿지만

운명이 널 멀리 보낸다고 해도 넌 항상 내 마음속에 있어)

윤지완이 노래를 다 부르고, 우리말로 다시 번역해주었다. 우리는 환호성을 지르며 엄지를 치켜들었다. 마이크를 통해 듣는 목소리보다 더 구성지고 촉촉했다.

"노래만 잘하는 줄 알았는데 영어 발음도 좋은데요. 너무 멋져요."

유미는 노래에 매혹된 건지 윤지완에 매혹된 건지 모를, 붉게 상기된 표정으로 말했다.

"가사도 깊이 생각해보게 하는 것 같아요. '넌 항상 내 마음속에 있어' 이 말이 애잔해요."

소은이가 가라앉은 목소리로 말했다. 그 말이 분위기를 숙연하게 만들었는지 한동안 침묵이 흘렀다. 내 눈과 마주친 윤지완의 눈

망울에서 이슬이 반짝였다.

"자, 함께 시간 더 보내고 싶지만 너희들 기차 타러 가야 되니 일어나야겠지. 다음에 방학 때 올라오면 너희들이랑 시간을 보내겠다고 약속할게."

우리 세 사람이 오, 환성을 질렀다.

"오빠, 바쁠 텐데 이렇게 시간을 내주어 정말 고마워. 잊지 않을게."

내가 대표로 말하자, 유미와 소은이가 "고맙습니다."라고 인사했다. 윤지완이 미소를 지었다. 가방을 챙기고 선물을 든 다음, 윤지완과 함께 카페를 나왔다. 벌써, 주변이 어둑해지고 있었다. 매니저가 따라 나오더니 우리를 서울역까지 태워주겠다고 했다. 잠시 후, 자동차가 우리 옆에 섰고, 윤지완이 앞자리에, 우리는 뒷좌석에 앉았다. 우리는 마주 보며 흥분과 뿌듯함으로 깃든 서로의 표정을 바라봤다. 무엇보다 소은이의 표정이 달라 보였다. 기대감과 생기가 잔뜩 얼굴에 어려 있었다. 차는 30분 만에 서울역에 도착했다.

'레인보우' 팬클럽

    기차에 올랐다. 우리 모두의 얼굴에는 피곤과 흥분, 설렘이 뒤섞여 여울지고 있었다. 한동안 말없이 바깥을 쳐다보거나 서로 눈이 마주치면 웃었다. 각자의 생각에 잠겨 있다가 스르르 잠이 들기도 했다. 눈을 떴을 때 창밖은 어둑했고, 밤이 차창으로 바짝 다가와 있는 듯했다. 희미한 전등이 객실을 어슴푸레 밝히고 있었다. 소은이 옆에 있던 남자가 내렸는지 보이지 않았고 대전역을 출발한다는 방송이 흘러나왔다. 우리 세 사람만의 공간이 마련된 것이다. 가방에 먹을 것이라도 있나 싶어 손을 넣어 부스럭거리는 통에 소은이가 눈을 떴다. 손에 잡히는 건 없었다.

    "소은아, 북촌에서 우리 만난 것, 잘했지? 너랑 같이 내려가니, 내 마음이 왜 이리 뿌듯하냐. 좋은 사람으로 태어난 느낌이야."

    내가 소은이를 보며 말을 건넸다.

"그럼, 내가 너를 좋은 사람으로 만들어 준 거나 다름없네. 뭐… 상장 같은 거 없냐?"

소은이가 도도한 표정으로 물었다.

"상장 같은 소리 하고 있네. 받으면 지나와 내가 받아야지 니가 왜 받냐?"

유미가 언제 깨어났는지 소은이를 보며 언성을 높였다.

"인정."

내가 추임새를 넣자, 소은이가 입술을 삐죽거렸다.

소은이 네가 앞으로 잘하는 게 우리에겐 상이야. 잘할 거지?"

"그래. 근데 살짝 걱정은 되네."

유미가 묻자, 소은이 얼굴에 옅은 회색 구름이 깔렸다.

"뭐가 걱정이야? 너 충분히 잘할 수 있어. 윤지완 열혈팬이라면."

"그래. 유미 말이 맞아. 할머니는 옛날 사람이라 어쩔 수 없어. 우리가 이해하고 넘어가야 돼. 이제 너 미래만 생각하고 준비하는 거야. 그러다 보면 할머니와 화해도 하게 될 거야."

내가 보충 의견을 말하자 소은이가 고개를 주억거렸다. 그래도 얼굴이 개운하게 펴지지는 않았다.

"지나 너, 예전에 지완 오빠 정말 좋아했어? 북촌에서 유미한테 살짝 듣긴 했는데 자세한 건 몰라. 그 오빠가 첫사랑이지?"

소은이가 갑자기 얼굴에 생기를 띠고 호기심 어린 표정으로 물었다.

"나, 정말 오빠 좋아했어. 오빠는… 나랑 있으면 편하다고 했어.

엄마 우산 얘기도 나한테만 했다는 걸 보면… 나, 그런 감정 처음이 거든. 음식을 먹어도, 오빠 생각이 나고 풍경 좋은 곳에 가도 오빠 가 늘 떠올랐어. 비 내리는 날이면 혼자 울기도 했어. 이제는 너무 멀어져 버렸지만….”

나는 예전의 윤지완을 떠올렸다. 약간 음울하면서도 창백한 표 정, 강한 의지를 동시에 간직하고 있던 분위기, 나는 그런 오빠의 모 습이 좋았다. 지금은 아이돌 가수로 성공해서 자랑스럽고 부럽다. 하지만 이제 내가 아무리 가까이 가고 싶어도 그럴 수 없다는 데서 오는 막막함, 거리감도 함께 다가왔다.

“그래도, 너무 부러워. 아이돌 가수의 예전 여친이라니, 그게 뭐 아무한테나 붙는 닉네임이냐. 뭐, 나는 그 여친의 친구니까 그런대 로 만족해. 너, 나랑 친구 할 거야?”

소은이가 은근 질투와 부러움이 뒤섞인 표정으로 물었다.

“그럼, 당근이지.”

“지나야, 아까 윤지완 오빠랑 카페 정원에서 얘기 나누었잖아. 뭐 라고 했어? 오해는 풀었고?”

유미가 진지한 표정으로 물었다.

“당근 풀었지. 오해를 그대로 둔다는 것은 내 뱃속에 어떤 이물 질을 그대로 품고 살아가는 느낌이야. 이제 오해 풀고 나니 속이 다 후련하네. 헤헤.”

나는 오른손을 가슴에 얹어 아래로 쓸어내리며 흐뭇한 미소를 지었다.

"나도 네 덕분에 서울여행 하면서 중학교 때 있었던 일에 대해 곰곰이 생각해보는 기회가 되었어. 그 친구를 만나 오해를 풀고 싶었거든."

유미가 숙연한 표정으로 얘기했다.

"나도야, 동생 민성이가 은근 신경 쓰였거든. 그 애의 마음에 내가 나쁜 누나로 자리 잡으면 날 원망할 거잖아. 그래서 빨리 돌아가야지 하고 혼잣말을 많이 했거든. 신기하네."

소은이가 담담한 표정으로 얘기했다.

"유미도 소은이도 잘 생각했어. 난 이제 뭐든지 잘할 수 있을 것 같은 생각이 들어. 오빠도 나 때문에 화가 좀 나서 서울에 빨리 가버렸대. 그런데 나중에는 나에게 인사도 안 하고 올라가서 더 마음이 쓰였나 봐. 내가 이상한 애가 아니라는 확신도 생겼고. 그래서 나를 생각하며 레인보우 노래를 지었다는 거잖아. 그게 팩트야."

내가 뿌듯한 얼굴로 말했다.

"뭐? 레인보우가 지나 너를 위해서? 그건 아냐."

유미가 질투의 분가루를 잔뜩 얼굴에 묻힌 채 말했다.

"아냐. 진짜야."

"설마… 어쩜 그럴 수 있냐. 노래 가사는 우리 팬을 위한 거야. 지나, 너 한 사람을 위한 거는 아니지."

유미가 눈을 휘둥그레 뜨고 나를 보며 말했다.

"아, 미안. 나를 위한 것이기도 하지만 우리 모두를 위한 거라고도 했어. 그리고 사실 뭐 가사의 의미는 스스로 가지는 거 아냐? 누

'레인보우' 팬클럽

가 주는 게 아니고."

내가 사태를 수습하듯 정리했다.

"오!"

유미와 소은이가 같이 놀란 표정으로 탄성을 질렀다. 유미는 그제야 고개를 끄덕였다.

"아무리 그래도 오빠는 아이돌 가수고 나는 평범한 여고생일 뿐이야. 더 이상 어쩌겠나. 아까 그 정원에서 오빠가 내 손을 꼬옥 잡아주었어. 너무 떨리더라. 헤헤."

"손잡았어? 세상에! 그럼 데이트였네. 우리가 얼마나 널 부러워하는지 모르지. 아 배가 살살 아프려고 하네."

유미가 진짜 아프다는 듯, 배를 움켜쥐고 인상까지 쓰며 능청을 떨었다. 소은이와 내가 키득거렸다.

"유미야, 내가 활명수 구해올까?"

소은이가 정색을 하고 물었다. 유미는 갑자기 멀쩡한 얼굴이 되어 손사래를 쳤다. 우리 셋이 함께 키득키득 웃었다. 이틀간의 여행을 마치고 집으로 가니, 만감이 지나갔다. 유미, 소은이와 헤어지는 것도 아쉬웠다. 물론 학교에서 만날 수야 있지만, 윤지완의 이름으로 우리만의 울타리가 있다면 좋을 것 같았다.

"암튼 말이야, 우리 셋이 동아리 하나 만드는 게 어떨까?"

내가 머릿속에 떠오른 생각을 얘기했다.

"뭐? 동아리?"

유미가 눈을 동그랗게 뜨고 물었다. 소은이도 궁금한 표정으로 나를 쳐다보았다.

"이렇게 서울에서 만난 계기로 화합해보자는 거지. 함께 윤지완을 만난 기념이라고나 할까? 우리만의 팬클럽."

"맞아. 좋은 생각이네. 그럼, 이름을 지어야지. 뭐로 하나?"

유미가 갑자기 신이 난 듯 말했다. 소은이와 내가 고개를 갸웃거리며 유미를 쳐다봤다.

"은하수, 어때? 은하수는 바로 윤지완 오빠를 말하는 거야. 뭐 천체망원경을 하나 장만해서 별을 관측하는 활동도 좋고…."

유미가 조곤조곤 설명했고 나는 고개를 끄덕였다.

"'은하수의 별', 이건 어떠냐? 스타는 모두 별이잖아. 은하수의 하나라고 볼 수도 있지. 따뜻한 온기와 사랑을 지닌 별."

소은이가 유미의 말에 화답하듯 말했다.

"그것도 그럴듯하네. 우리는 모두 은하수 안의 별이야. 그러면서 큰 별인 윤지완을 바라보는 거지. 난 뭐 '은하수'든 '은하수의 별'이든 다 좋아. 너희들 의견에 따를게."

"근데, 이름이 좀 일반적이다는 생각이 안 들어? 과학 교과서에 나오는 이름 같기도 하고. 좀 특별나게, 윤지완 오빠를 상징하는… 그런 이름 말이야."

유미가 고개를 갸웃거리며 말했다.

"유미 말도 맞는 것 같아. 이건 어때? 레인보우. 오빠가 부르는 노래 제목이기도 하고."

내가 의견을 얘기했다.

"레인보우?"

유미와 소은이가 동시에 외쳤다. 잠시 침묵이 흘렀다.

"그게 더 좋아. 그 이름이면 윤지완 오빠를 떠올릴 수 있고, 우리만 통하는 뭔가가 있는 것 같거든."

소은이가 엄지와 검지로 동그라미를 그리며 흡족한 표정으로 말했다. 유미는 골똘히 생각하는 표정을 지을 뿐, 아무런 반응을 보이지 않았다. 나와 소은이는 유미의 표정만 살피며 대답을 기다렸다. 유미는 이마에 손을 얹으며 심각한 표정을 짓기도 하고, 고개를 절레절레 저으며 차창을 내다보고 딴청을 한참 피웠다. 이윽고 유미가 우리를 쳐다보았다. 나는 눈을 크게 뜨고 유미를 주시했다. 소은이도 자세를 바로하고 유미의 표정을 뚫어지라 바라보았다. 마침내 유미가 고개를 끄덕였다.

"좋아. 그럼 우리 동아리 이름은 이제부터 '레인보우'야."

유미가 흐뭇한 웃음을 지으며 말했다. 우리 셋은 "얍" 소리치며 하이파이브를 했다

"이제 나도 너희들과 함께 동아리 하면서 공부도 열심히 해볼게. 사실 윤지완 오빠를 만나고 나서, 나도 미래를 위해 뭔가 열심히 준비하고 싶다는 생각이 들었거든. 이제 내 미래를 생각할 거야."

소은이가 생기 있는 표정으로 얘기를 했다.

"그래, 소은아. 이제 우리가 윤지완의 팬으로 뭉치니까 함부로 행동하면 안 되겠지. 윤지완 이름을 욕되게 해서도 안 되고, 서로 돕고 노력하면서 살아야겠지. 팬클럽 중에서도 우리는 아주 특별한

팬클럽 멤버니까."

유미가 소은이의 말에 덧붙여 말했다. 내가 유미를 보며 손뼉을 쳐주었고 소은이는 감동 먹은 표정이었다.

"그럼, 이제 우리는 하는 것마다 잘 될 것 같지 않냐. 그게 우리 동아리의 힘이니까. AP레인 노래 함께 들으며 가끔은 바다로 가서 마음껏 노래 부르고 소리도 질러보자. 서울에 사는 윤지완 오빠가 들을 수 있게."

내가 정리하듯 얘기했다.

"굿 아이디어네. 그 우산, 진짜 신기하지? 스위치를 켜듯 돌리면 우산에 반짝 불이 들어오며 글자가 나오다니. '포 유'라는 말이 바로 사랑이잖아. 우리가 스위치를 켜지 않아서 그렇지, 스위치만 켜면 얼마든지 그 '포 유'가 우리 마음속에서 작동하는 것이 아닐까."

유미가 소은이와 나를 보며 말했다. 침묵이 기차 안의 공기를 헤집고 우리 사이를 흘렀다. 각자 생각에 잠긴 듯한 표정이었다. 다른 좌석에서 전화하는 목소리가 간간이 들렸다.

"유미의 말, 그럴듯해. 우리가 돌리지 않아서 그렇지 돌리기만 하면 사랑의 불빛이 우리 마음에도 깜박거릴 거다, 그런 말이잖아?"

소은이가 아련한 표정을 지으며 말했다. 우리는 고개를 끄덕였다. 역시 유미의 말에는 뼈와 살이 담겨 있었다. 모두 그 말의 의미를 되새기는지 조용했다. 동대구역이라는 음성이 흘러나왔다. 승객들이 우르르 내리고, 열차에는 많은 자리가 비었다. 40분 후면 부산역에 도착할 것이고 각자의 집으로 갈 것이다. 서울에서의 이틀이 마치 일주일처럼 느껴졌다. 나는 유미 어깨에 머리를 기댔다. 피곤이 쏟아지고 눈꺼풀이 무겁게 내려왔다.

시간이 얼마나 흘렀을까. 유미가 어깨를 두드리는 바람에 눈을 떴다. 승객들이 짐을 챙기며 앞으로 나가 줄을 서고 있었다. 우리도 배낭을 챙기고 옷을 추스르며 머리를 매만졌다. 모두 한숨 잤는지 눈가에 졸음이 잔뜩 묻어 있었다.

역을 나와 지하철을 타러 갔다. 어제, 서울 시내를 돌아다니다 우산을 찾으러 다닌 일, 저녁에 AP레인 공연을 보러 간 일, 오늘 한옥마을에서 소은이를 만나고 논현동에서 윤지완을 만났던 일이 파노라마처럼 머릿속을 맴돌았다. 이틀간의 힘든 여정이었지만 나로서는 절실한 경험이었다. 윤지완에게 좋은 이미지의 지나로 기억될 것이니까 이제 편안한 마음으로 살 수 있는 것이다. 나는 가벼운 마음으로 길게 심호흡을 했다. 지하철 플랫폼에서 기다리니, 잠시 후에 열차가 도착해서 우리는 올라탔다. 일요일이라, 사람들이 많았다.

우리는 양정역에서 내려 함께 나갔다. 소은이 집까지 바래다주기로 유미와 내가 살짝 약속했던 것이다. 5분쯤 걸어가니 빌라가 보였다. 소은이는 그 안으로 걸어 들어갔다.

"소은아, 내일 학교에서 만나. 우리 동아리 잊지 마. 레인보우."

내가 손을 흔들어주며 말했다. 소은이가 뒤돌아보고는 미소를 지으며 고개를 끄덕였다. 나와 유미는 손을 잡고 천천히 걸어갔다.